August Kretschmar

Der Rechte

Vierter Theil

SALZWASSER
VERLAG

August Kretschmar

Der Rechte

Vierter Theil

Unveränderter Nachdruck der Originalausgabe von 1864.

1. Auflage 2022 | ISBN: 978-3-75259-685-4

Verlag: Salzwasser Verlag GmbH, Zeilweg 44, 60439 Frankfurt, Deutschland
Vertretungsberechtigt: E. Roepke, Zeilweg 44, 60439 Frankfurt, Deutschland
Druck: Books on Demand GmbH, In de Tarpen 42, 22848 Norderstedt, Deutschland

Der Rechte.

Vierter Theil.

Der Rechte.

Eine Erzählung

von

Marie Sophie Schwartz.

Aus dem Schwedischen

von

August Kretzschmar.

Vierter Theil.

Leipzig:
F. A. Brockhaus.

1864.

Erstes Kapitel.

Tage, Wochen und Monate vergingen, ohne daß das Verhältniß zwischen den beiden jungen Ehegatten sich in irgendeiner Weise gebessert hätte.

Gurli suchte allerdings nicht, sich ihrem Gatten zu nähern, oder dem verderblichen Einfluß seiner Mutter durch Liebe entgegenzuwirken; dabei aber vermied sie auch mit wunderbarer Consequenz alles, was Anlaß zu ärgerlichen Auftritten geben konnte.

Wenn dergleichen dennoch oft stattfanden und Allon immer noch Gurli mit den verletzendsten Vorwürfen überhäufte, so bewahrte sie gleichwol eine unerschütterliche, äußere Ruhe, und blieb nach dergleichen Auftritten dieselbe aufmerksame Hausfrau, welche sie sich einmal vorgenommen zu sein. Sie widersetzte sich Allon's Wünschen niemals; bekam er aber eine Anwandelung von Reue und Zärtlichkeit, so blieb sie dagegen vollkommen unempfindlich, und es gelang ihm nicht mehr, auch nur einen Schimmer von Herzlichkeit der Gattin zu entlocken, welche er einen Augenblick darauf es sich zum Vergnügen und Genuß machte zu kränken.

Gegen Beate war und blieb Gurli wie vorher. Keine Verfolgung, keine Bosheit von seiten ihrer Schwiegermutter konnte ihr Benehmen ändern.

Als Allon eines Tags, von seiner Mutter angestachelt, Gurli den Mangel an Achtung und Freundlichkeit vorwarf, welchen sie gegen seine Mutter an den Tag legte, antwortete Gurli:

„Deine Mutter weilt hier trotz deiner und meiner Uebereinkunft, und wenn ich dies so hingehen lasse, so habe ich alles gethan, was man von mir erwarten kann."

Kurz nachdem Beate ihre Wohnung in Birgersborg genommen, waren die weitläufig mit Gurli's Mutter verwandten Familien wieder abgereist. Die Ursache ihrer Entfernung war Beate, welche auf sehr beißende und anzügliche Weise von den Vortheilen gesprochen, reiche Verwandte zu haben, bei welchen man den ganzen Sommer kostenfrei leben könne u. s. w.

Gegen die Kameraden ihres Sohnes dagegen war Frau Beate lauter Liebenswürdigkeit. Ihre frömmelnde Ausdrucksweise hatte sie ganz abgelegt, weil sie wußte, daß dieselbe keinen günstigen Eindruck machen würde, und war nun ebenso aimable wie in jüngern Jahren. Sie becomplimentirte Stjernberg, weil er die Kunst verstand, Allon zu zerstreuen und aufzuheitern; sie sagte dem Lieutenant Stormfeldt die schmeichelhaftesten Artigkeiten, und versicherte, Allon hätte in der Wahl seiner Freunde es nicht besser treffen können.

Mit dem jungen Baron S., dessen einziger Reichthum sein Freiherrntitel war, sprach die schlaue Frau über alle ausgezeichneten Männer, die es in seiner Familie gegeben. Ueberdies war sie im Beisein dieser jungen Herren gegen Gurli die personificirte Freundlichkeit und Sanftmuth, obschon Gurli ihr die augenfälligste Kälte bewies.

Die jungen Herren waren allerdings einer wie der andere für Gurli's Schönheit eingenommen; fanden sie aber jetzt, nachdem die übrigen jungen Damen abgereist waren, steif und unzugänglich, besonders da sie sich dann und wann gegen das Spiel und besonders die Leidenschaft des Spiels sehr freimüthig aussprach.

Beate von Stral interessirte sich dagegen für das Spiel. Wenn des Abends gespielt ward, erkundigte sie sich stets, wie das Spiel ginge, wer Glück gehabt u. s. w. Man konnte nicht angenehmer sein, als sie war.

Dauerte das Spielen bis weit in die Nacht hinein, so war Gurli am nächstfolgenden Morgen gegen die Freunde ihres Mannes stolzer und gemessener als Beate. Es war sogar vorgekommen, daß sie gegen Stjernberg unter vier Augen ihr Misvergnügen ausgesprochen und ihm gesagt, sie würde ihm niemals verzeihen, wenn er einen Spieler aus Allon machte.

Die schönsten Lippen werden häßlich, wenn sie ein Verdammungsurtheil über eine Hauptleidenschaft aussprechen. Gurli ward daher in den Augen der jungen Spieler sehr bald nichts weniger als liebenswürdig, und es geschah sehr oft, daß sie gegen Allon äußerten, Gurli ließe allzu sehr durchscheinen, daß sie die reiche Frau sei. Stjernberg sagte sogar:

„Es ist zum Teufelholen, wie langweilig deine Frau geworden ist, lieber Stral. Ganz bestimmt kommst du endlich noch völlig unter den Pantoffel, mein armer Bruder."

Ueber Beate dagegen hieß es:

„Man kann keine liebenswürdigere Mutter haben, als du hast. Sie ist eine Frau, welche ihre Stellung aufzufassen versteht. Schade, daß deine Frau sich kein Exempel an ihr nimmt."

Beate hatte auch in der That ihre Stellung in dem Hause ihres Sohnes auf so schlaue Weise genommen, daß sie unbedingt immer größere Macht erlangen mußte. Fremden gegenüber ließ sie ihrer Schwiegertochter stets den Vorzug, worauf sie als Frau vom Hause Anspruch machen konnte, ja noch mehr, sie erlaubte sich niemals eine unfreundliche Aeußerung gegen sie. Nur bei Allon fand sie es nöthig, ein fortwährend steigendes Misvergnügen und Mistrauen zu unterhalten, sodaß die Kluft zwischen ihm und Gurli immer größer und größer ward.

Zu ihrem Seelenverwandten, dem Comminister Grönlund, sagte die würdige Frau im Vertrauen:

„Endlich wird es mir doch gelingen, die Sache so weit zu treiben, daß meiner lieben Schwiegertochter nichts weiter übrig bleibt, als sich durch Aufhebung gewisser Bestimmungen des Ehecontracts häuslichen Frieden zu erkaufen. Dergleichen Gemüther wie Gurli's sind im Glück gewöhnlich widerspenstig; werden aber sofort nachgiebig, wenn Widerwärtigkeiten über sie hereinbrechen. Dies zeigt sich schon jetzt. Nie hätte man geglaubt, daß sie so passiv und nachgiebig werden könnte, wie sie jetzt ist. Merke wohl, sie hat mir über meinen Aufenthalt auf Birgersborg noch kein einziges Wort gesagt, was sie ganz gewiß nicht unterlassen hätte zu thun, wenn ihr Sinn nicht schon bis zu einem gewissen Grad gebrochen wäre. Sie hofft durch Fügsamkeit die Gewalt über Allon, die sie verloren, wieder zu gewinnen; aber so wahr ich Beate von Stral, geborene Falkenstern, heiße, es soll ihr dies niemals gelingen.“

Grönlund, welcher sich stets dagegen erklärt, daß Beate ihren Aufenthalt in Birgersborg nähme, bevor der Ehecontract aufgehoben sei, schüttelte den Kopf und versicherte, Beate habe das ganze Spiel verdorben.

Sie hätte, meinte er, ganz anders zu Werke gehen sollen. Sie hätte ihn, Grönlund, die Sache in die Hand nehmen, und die beiden jungen Eheleute sich nicht eher entzweien lassen sollen, als bis etwas Wesentliches gewonnen sei. Die Vortheile, welche Allon in diesem Augenblick besäße, hätte er schon vor Beatens Auftreten gehabt, und nach demselben keinen einzigen neuen dazu gewonnen, und wenn er, der Comminister, Gurli recht kenne, so werde Allon es auch nicht weiter bringen.

Diese verschiedenen Ansichten waren der Grund, daß Beate und Grönlund nicht recht einig waren.

Letzterer, welcher jetzt mehr als je bezweifelte, daß Allon in den Besitz des Falkenstern'schen Vermögens kommen würde, schickte sich an, alle möglichen Vortheile aus der Gegenwart zu ziehen; denn er sah voraus, daß die Zukunft nichts Gewinnbringendes bieten könne, weil Allon das, worüber er zu verfügen hatte, bald verspielt haben, und dann von Gurli nichts weiter bekommen würde.

„Ja", dachte Grönlund, „hätte man mir freie Hand gelassen, so wäre es anders gegangen. Dann wäre es mir durch Allon's Eifersucht auf Stephan gelungen, Gurli so weit zu treiben, daß sie aus Stolz und um ihre Unschuld zu beweisen, ihrem Gatten den ganzen Reichthum zugeworfen hätte, den sie selbst so gering achtet. Nun aber ist das ganze Spiel verdorben. Es bleibt sonach weiter nichts übrig, als das Eisen zu schmieden, solange es warm ist, und daraus den möglich größten Gewinn zu ziehen. Wenn alle Hülfsquellen von dem albernen Sohne, der von seiner noch albernern Mutter in seiner Verschwendung bestärkt wird, erschöpft sind, dann mögen beide selbst sehen, wo sie bleiben."

Grönlund's Schlußfolgerungen in Bezug auf Gurli waren sehr richtig. Unter gewöhnlichen Verhältnissen hätte Allon durch einen Angriff auf ihren Stolz sie leicht bewegen können, das Document, welches ihm ihren Reichthum vorenthielt, zu vernichten, was ihm dagegen nun, seitdem, trotz der getroffenen Uebereinkunft, Beate sich in ihrem Haus aufhielt, sicherlich niemals gelang.

Bei dem gegenwärtigen Stande der Dinge ließ Gurli sich ganz gewiß weder durch List noch durch Grausamkeit zwingen, von einem Vermögen, welches sie nicht als das ihrige betrachtete, auch nur einen einzigen Schilling anzurühren.

Doch kehren wir zu Gurli zurück.

Diese bemerkte sehr bald, daß die frühere Begeisterung der jungen Spieler gegen sie sich in eine gezwungene Artigkeit verwandelt hatte, und sie fühlte, daß sie jetzt blos von Menschen umgeben war, von welchen sie mit mehr oder weniger unfreundlichen Augen betrachtet ward. Nicht ein einziges ihr ergebenes Wesen befand sich in ihrer Nähe, denn selbst die alte Lisa war Allon's Wunsche gemäß von Birgersborg entfernt worden. Gurli hatte nicht gewollt, daß die Pflegerin ihrer Kindheit der Gefahr preisgegeben werde, von dem Herrn des Hauses fortgejagt zu werden, sondern es vorgezogen, sie auf freundliche Weise zu entfernen.

Sie hatte daher niemand, der freundlich gesinnt gegen sie gewesen wäre, denn sogar die Diener, welche beinahe sämmtlich Grönlund's Gemeinde angehörten, waren ihr abgeneigt.

Von Walter gingen auch keine Briefe mehr ein. Tante Katharine war zu einer armen, kranken Verwandten gereist, und Stephan war, seitdem er mit seiner Mutter von Birgersborg abgereist, nicht wieder dagewesen, und hatte ebenso wenig etwas von sich hören lassen. Es war, als wäre sie von allen aufgegeben.

Gurli war, nachdem sie ihre Stellung überdacht, zu dem Resultat gekommen, daß sie sich eine Thätigkeit suchen müsse, durch welche ihr Geist beschäftigt würde.

Die von ihr so lange vernachlässigte Schule ward der erste Gegenstand ihrer Aufmerksamkeit. - Sie fand dieselbe verlassen und leer. Die Gutsunterthanen schickten ihre Kinder nicht mehr hinein, weil sie sie nicht wollten verderben lassen; denn der Pastor hatte gesagt, daß das, was sie hier lernten, mit der wahren Gottesfurcht in Widerspruch stünde.

Das Krankenhaus, welches Gurli mit Elisabeth's Beihülfe ebenfalls eingerichtet, stand auch verödet. Ein einziger Patient, ein Fremder, lag darin; die Gutsunterthanen aber wollten lieber zu Hause im Elend sterben, als hierherkommen und gute Pflege erhalten. Im erstern Fall waren sie wenigstens gewiß, daß ihre Seelen zu Gott kämen, was sie im letztern nicht waren; denn der Pastor hatte gesagt, daß alle, welche dieses Krankenhaus benutzten, der ewigen Seligkeit verlustig gingen, weil es weder zur Ehre des Herrn erbaut worden, noch unter dem Schutze desselben stünde.

Alles dies und noch vielmehr mußte Gurli von den Vorsteherinnen der Schule und des Krankenhauses hören.

Nun brachte sie ihren Vorsatz, Grönlund entgegenzuarbeiten, in Ausführung. Sie begann unter ihren Unterthanen umherzugehen, und sich von ihren Lebens- und Nahrungsverhältnissen zu unterrichten. Sie versuchte, durch die Güte und die Theilnahme, die sie ihnen bewies, ihr Vertrauen zu wecken, stieß aber überall auf Mistrauen und scheuen Argwohn. Die irregeführten Leute betrachteten sie als eine Person, die sie fürchten müßten.

Sehr oft geschah es, daß Gurli, niedergeschlagen über die Fruchtlosigkeit ihrer Bemühungen, nach Hause zurückkam; dann aber schloß sie sich in ihr Zimmer ein, und suchte durch genaue Prüfung ihrer Handlungsweise und ihrer Beweggründe zu erforschen, ob der Grund des Unheils vielleicht in ihr selbst läge.

Gurli hatte sich vorgenommen ein gutes Weib, eine wahre Christin zu werden, und so viel Gutes zu wirken, als sie vermöchte; deshalb ließ sie sich auch von Schwierigkeiten nicht abschrecken.

Noch niemals ist ein ernster und guter Vorsatz gefaßt worden, ohne Früchte zu tragen. So war es auch mit Gurli's Eifer für die Aufklärung und die verbesserte Lage der Armen.

Als diese Leute sie immer wiederkommen und stets in gleicher Weise bereit sahen, ihnen zu helfen und beizustehen, sie zu trösten und zu unterrichten, begann das bei dem Landvolke gewöhnlich herrschende Mistrauen allmählich in den Hintergrund zu treten.

Sie fingen daher an, unverhohlener über ihre Kümmernisse und Sorgen mit Gurli zu sprechen; die Hülfe, welche diese ihnen brachte, ward nicht mehr mit demselben Gemisch von Furcht und Mistrauen, wie anfangs, betrachtet.

Kurz, als der Sommer zu Ende gegangen war, hatte Gurli wirklich einen Theil der Abneigung, die man ihr früher bewiesen, überwunden. Es war ihr sogar gelungen, einige der Tagelöhner zu bewegen, ihre Kinder in die Schule zu schicken.

Wenn Gurli nach diesen Siegen nach Hause zurückkam, fühlte sie sich mit ihrem Tagwerk zufrieden und mit ihren traurigen häuslichen Verhältnissen ausgesöhnt.

Dennoch sollte sie diese Befriedigung nicht lange genießen, denn sie arbeitete in einer Richtung, welche der Grönlund's geradezu entgegengesetzt war. Sie suchte dem Aberglauben entgegenzuwirken und die Aufklärung zu befördern. Er dagegen brauchte Finsterniß und Unwissenheit, um die Gemüther zu beherrschen und sich im Namen des Glaubens zum Herrn der Gedanken und der Ueberzeugung zu machen.

Jeder Schritt, welchen Gurli in dieser Beziehung that, stieß daher auf heftigen Widerstand von seiten Grönlund's, weil dieser dadurch in seiner Macht bedroht ward.

Kam Gurli's Schule in Gang und gelang es ihr, durch die Lectüre nützlicher und wahrhaft religiöser Bücher den Verstand zu veredeln, so wurden die Opfer auf dem Altar seines Eigennutzes geringer und seine Macht schwächer.

Erst ein Monat war vergangen, seitdem Gurli angefangen hatte, im Namen der Vernunft, der Aufklärung und des wahren Christenthums Grönlund's drückendem Einfluß entgegenzuarbeiten, und schon war es ihr gelungen, daß mehrere der Tagelöhner ohne Befehl oder Machtspruch ihren Worten Gehör schenkten.

Grönlund bedachte mit Schrecken, wohin das führen solle, und beschloß, der Sache mit einem Schlage ein Ende zu machen.

Eines Morgens — es war in der Mitte des Monats September — erhielt Allon ein Billet von dem Comminister. Es lautete:

„Geliebter Sohn!

„Siehe zu, daß Deine Gattin auf ihren sogenannten Wohlthätigkeitsausflügen nicht sowol Deine als auch ihre eigene Ehre verscherze. Du scheinst am Spieltisch ganz zu vergessen, Acht auf das zu geben, was um Dich her vorgeht, sonst würdest Du gewiß es schon längst sehr sonderbar gefunden haben, daß Gurli alle Tage, entweder zu Pferd oder zu Fuß, aber stets allein, ihr Haus verläßt. Ferner würde es Dich gewundert haben, daß der gesetzmäßige Richter des Orts, der vollkommene Stephan Brun, Euch in zwei Monaten nicht ein einziges mal besucht hat, obschon er so nahe bei Birgersborg wohnt. Dieses Benehmen ist sehr sonderbar.

„Wären die Verhältnisse so, wie sie sein sollten, wäre es dann wol wahrscheinlich, daß ein so naher Nachbar und Verwandter sich so ganz aller Besuche enthielte, selbst wenn er dergleichen nur um des Scheines willen machte?

„Dein Cousin scheint aber deswegen nicht zu ermangeln, der Person zu begegnen, mit welcher er am liebsten zusammenzutreffen wünscht; denn auch er reitet und promenirt zu denselben Stunden wie Frau von Stral, und noch dazu in denselben Gegenden.

„Gib Acht, daß Du Dein Spiel klug spielst, und nicht etwa einmal zu Deinem Erstaunen findest, daß Du dabei mehr verloren, als Du jemals wiedergewinnen kannst.

„Noch eins, mein Sohn. Laß Dich nicht allzu sehr von Deiner Mutter leiten; denn diese scheint mir Dich immer mehr und mehr von dem Ziel zu entfernen, welches sie im Auge haben sollte, nämlich einer wahren und christlichen Eintracht zwischen Dir und Deiner Gattin.

„Da ich niemals Anlaß zu Verdrießlichkeiten geben will, so werde ich Euch auch nicht besuchen; denn ich weiß, daß Gurli es nicht gern sehen würde. Ich verzeihe ihr die Abneigung, die sie gegen mich hegt, und schließe sie in mein Gebet ein.

„Wenn Du kannst, so komme heute zu mir. Ich werde Dir dann vieles sagen, was Dir und andern von Nutzen sein kann.

„Dein Dich stets liebender Bruder“ u. s. w.

Nach dem Lesen dieses Briefs suchte Allon aus dem Labyrinth fortwährenden Misvergnügens und Unfriedens, welches sein Inneres erfüllte, herauszufinden, was geschehen war, und er besann sich wirklich, daß Gurli während des größten Theils der Vormittage nicht sichtbar gewesen. Er selbst hatte sie zu Fuß oder zu Pferd den Hof verlassen sehen.

Was konnten diese regelmäßigen Promenaden wol anders zu bedeuten haben, als, wie Grönlund andeutete, eine Intrigue gegen ihn, den armen, unglücklichen Ehemann, welcher von jeher betrogen worden und es noch immer ward?

Allon, welcher einen ganzen Monat keinen Fuß über die Schwelle des Zimmers seiner Gattin gesetzt, beschloß nun plötzlich, sie durch einen Besuch zu erfreuen.

Als er eintrat, sagte die Zofe, die gnädige Frau sei hinuntergegangen.

Allon begab sich ebenfalls die Treppe hinunter, blieb aber in der Hausflur stehen. Ein Stallknecht brachte eben Gurli’s Reitpferd geführt.

„Wer hat dir befohlen, das Pferd zu bringen?“ fragte er den Knecht.

„Die gnädige Frau“, war die Antwort.

„Führe es wieder in den Stall“, rief Allon, „und sage auch dem Kutscher, daß künftig ohne auf mein ausdrückliches Geheiß kein Pferd aus dem Stalle gezogen werden soll.“

Der Stallknecht blieb unschlüssig stehen, als in demselben Augenblick Gurli in vollständigem Reitcostüm auf der Treppe erschien.

„Hast du nicht gehört, was Herr von Stral befohlen hat?“ sagte sie zu dem Knecht und ging die Treppe hinunter, indem sie hinzusetzte: „Ich reite heute nicht aus.“

Sie warf die Schleppe ihres Reitkleides über den Arm und ging mit leichten Schritten auf das Gitterthor zu, welches nach der Allee führte.

Der Knecht führte das Pferd wieder fort.

„Da du dem Ausreiten entsagst, so thust du vielleicht mit dem Spaziergang dasselbe“, sagte Allon, als er Gurli an dem Gitterthor einholte. „Ich will nicht, daß meine Frau auf der Landstraße umherstreiche“, setzte er hinzu, als sie zur Entgegnung auf seine vorhergegangenen Worte ihn blos fragend ansah. „Nimm daher meinen Arm und kehre wieder auf dein Zimmer zurück.

Gurli schwieg; anstatt aber ihren Weg weiter fortzusetzen, drehte sie sich schnell um und eilte hinauf in ihr Zimmer, obschon ohne den Arm ihres Gatten zu nehmen.

Allon folgte ihr.

Als sie sich in Gurli's Salon befanden, sagte er:

„Ich habe nicht viele Worte zu sagen, sondern blos, daß ich dir bestimmt verbiete, einen Spaziergang anders als in meiner Gesellschaft zu unternehmen. Wenn man so unglücklich ist, eine Frau zur Gattin zu haben, die einen andern liebt, so hat man wenigstens das Recht, zu verhindern, daß sie Anlaß zu öffentlichem Aergerniß gebe. Wenn du nicht willst, daß ich dir laut in Gegenwart anderer sage, was ich dir jetzt unter vier Augen gesagt, so wirst du fernerhin nicht ohne meine Begleitung ausreiten oder fahren."

Nachdem er dies gesagt, verließ er das Zimmer, und Gurli dachte:

„Wie furchtbar wahr prophezeite Walter!"

Sie nahm ihren Hut ab, schüttelte ihr blondlockiges Haupt und setzte hinzu:

„Hinweg mit allen weichlichen Klagen! Ich habe mir selbst mein Schicksal geschaffen, und hier gilt es, es mit starker Seele zu tragen."

Bei der Mittagstafel fragte Beate ihre Schwiegertochter in süß=freundlichem Ton, warum sie heute nicht ausgeritten sei, und auch den ganzen Vormittag keinen Spaziergang unternommen habe.

„Du weißt ja, Tante" — Beate anders zu nennen, konnte Gurli niemals vermocht werden —, „du weißt ja von alters her, daß ich launenhaft bin", antwortete Gurli in nachlässigem Ton; „es lohnt daher nicht der Mühe, mich zu fragen, warum ich dies oder jenes thue. Ich würde deine Frage doch nicht beantworten."

Am nächstfolgenden Tage beehrte Allon seine Gattin wieder mit einem Besuch. Er war am Abend vorher bei dem Comminister gewesen und nicht, wie gewöhnlich, zu Hause geblieben, um Karten zu spielen.

Seine Art und Weise gegen Gurli war jetzt weniger schroff, als sie während der letztern Zeit gewesen. Er theilte ihr in ziemlich vernünftigen Worten mit, er habe verschiedene Arrangements getroffen, womit er ihren Wünschen entgegenzukommen hoffe. Er wüßte, daß ihr an der Schule, die sie eingerichtet, viel gelegen sei, und deshalb habe er dieselbe unter Grönlund's Aufsicht gestellt, und ihm Vollmacht ertheilt, die zu diesem Zweck ausgesetzten Geldmittel zum Nutzen der Schule und des Krankenhauses zu verwenden.

Es ward Gurli sehr schwer, diesen neuen Zug

boshafter Gesinnung von seiten ihres Gatten zu ertragen. Sie mußte sich daher die größte Gewalt anthun, um zu verbergen, was sie empfand.

„Hast du mir noch etwas Weiteres zu sagen?" war ihre einzige Antwort.

„Ja, ich wünschte dir mitzutheilen, daß meine Mutter heute die Villa bezieht. Wie du weißt, verlassen wir Birgersborg in einer Woche, weil mein Dienst als königlicher Secretär mich nach der Hauptstadt ruft. Meine Mutter bleibt den Winter über hier, will aber nicht in dem alten Schlosse hier wohnen. Deshalb habe ich ihr deine Villa überlassen."

Die Adern schwollen auf Gurli's Stirn; aber sie schwieg.

Allon fuhr fort:

„Ich wünsche, daß sie ihren eigenen Haushalt bekomme und für sich leben könne. Du weißt, daß mir die Villa niemals recht gefallen hat, besonders deshalb nicht, weil du sie in der letztern Zeit so oft zu deinem Aufenthalt gewählt. Du hast doch nichts gegen diese meine Anordnung einzuwenden?"

„Wenn ich auch etwas dagegen einzuwenden hätte, so könnte es mir doch jetzt nicht mehr einfallen, es zu thun", antwortete Gurli kalt.

Allon war mit dieser Antwort nicht recht zufrieden, sondern hätte es lieber gesehen, wenn Gurli ihr Misvergnügen unverhohlen zu erkennen gegeben hätte.

Nach einer Pause hob er wieder an:

„Du bist also bereit, in einer Woche mit mir nach Stockholm zurückzukehren?"

„Nein, das bin ich nicht", entgegnete Gurli, „obschon ich bereit bin, Birgersborg zu verlassen, wo ich unter keiner Bedingung länger bleiben mag, da deine Mutter hier ihren bleibenden Aufenthalt nehmen soll. Ich habe nun zwei Monate unter einem und demselben Dach mit ihr gewohnt, gedenke dies aber nicht länger zu thun. Daß ich es gethan, dies hast du blos meiner Rücksicht auf dich zu danken. Ich wollte nicht vor deinen Gästen das traurige Verhältniß zu Tage treten lassen, welches zwischen deiner Gattin und deiner Mutter herrscht. Ueberdies hab' ich während dieser Zeit unsere wahre wechselseitige Stellung einsehen gelernt und beabsichtige, dir den Vorschlag zu machen, daß wir hinfort getrennt leben. Unsern Gefühlen nach sind wir es schon. Was kann es nützen, wenn wir das Leben miteinander noch länger hinschleppen? Mein Vorschlag ist daher: du reisest nach Stockholm, wohin dein Dienst dich ruft. Ich begebe mich nach England, wo ich mich niederlasse und ein stilles, eingezogenes Leben führe. Du disponirst auch noch ferner über Birgersborg und dessen Einkünfte, von welchen ich mir nur einen kleinen Theil zur Bestreitung der Kosten meines Lebensunterhalts reservire. Auf diese Weise sind wir, glaube ich, beide am besten zufrieden gestellt; denn so wie es diesen letzten Sommer gegangen ist, kann und darf es nicht mehr fortgehen."

Allon stand da wie vom Donner gerührt. Dies hatte er nicht erwartet. Wohl hatte Grönlund am Abend vorher gesagt:

„Ich habe fortwährend gefürchtet, daß die Anwesenheit deiner Mutter in euerm Hause die Folge haben werde, daß Gurli von dir fortzieht und dir den Vorschlag macht, von Tisch und Bett getrennt zu leben. Dies aber ist etwas, worauf du, mein lieber Allon, nicht eingehen darfst; denn dann wäre es mit allen Hoffnungen auf die Zukunft zu Ende."

Diese Worte Grönlund's hatte Allon damit beantwortet, daß er erklärt, Gurli lege viel zu viel Gewicht auf die Stimme der öffentlichen Meinung, als daß sie sich getraue, einen solchen Schritt zu thun.

Der Auftritt, welcher jetzt auf Gurli's Erklärung folgte, glich den schon früher stattgehabten, und Allon erging sich in einem Wortstrom der Verzweiflung, der Reue, der Anklagen und Schilderungen ausgestandener Seelenqualen.

Nachdem er alle diese Waffen angewendet, ohne dadurch den Entschluß seiner Gattin erschüttern zu können, erklärte er endlich ganz keck, daß er auf eine solche Trennung nicht eingehe, daß Gurli, im Fall sie darauf bestünde, sich ans Consistorium wenden, und, da sie ihren Antrag auf eine solche Trennung durch keine gesetzlichen Gründe unterstützen könne, bei ihm bleiben müsse.

Eine Woche später reiste Gurli auch wirklich mit Allon von Birgersborg nach Stockholm.

Unmittelbar nach ihrer Ankunft in der Hauptstadt gestaltete sich ihr gegenseitiges Verhältniß etwas besser.

Beate hatte nach Abreise der jungen Ehegatten die von Gurli erbaute und mit so viel Pracht eingerichtete Villa bezogen. Grönlund war nun Inspector und Kassirer der Schule sowol als auch des Krankenhauses und der Armenkasse.

Zweites Kapitel.

Eine Zeit von zwei Jahren ist vergangen, und hat für Allon und Gurli bedeutende Veränderungen herbeigeführt.

Einige Monate nach ihrer Ankunft in Stockholm ward ein Erbproceß gegen Gurli von einer Tochter Bengt Falkenstern's anhängig gemacht, welche Ansprüche auf das nachgelassene Vermögen erhob. Diese Tochter war — Madame Teverino.

Durch die von ihr vorgelegten Papiere ward nachgewiesen, daß Bengt Falkenstern vor seiner ersten Ehe mit einer freigelassenen Sklavin verheirathet gewesen, welche Esther Warthslow geheißen und die ihm eine Tochter geboren. Diese Tochter war eben Madame Teverino.

Esther war, so lautete die Geschichte, kurz nach der Geburt ihrer Tochter, mit ihrem Kinde zugleich verschwunden, worauf Bengt, nachdem er sie vergebens gesucht, sich mit Jane vermählt hatte und nach Schweden gezogen war.

Esther's Schicksal war inzwischen ein sehr trauriges gewesen.

Bengt's Vater, welcher sehr aufgebracht darüber war, daß sein Sohn eine freigelassene Sklavin geheirathet, hatte nämlich Esther entführen und nach einer seiner im Süden gelegenen Plantagen bringen lassen, welche unmittelbar darauf verkauft ward. Esther ging, als dazu gehörig, mit auf den neuen Besitzer über.

Es gelang ihr jedoch, die Aufmerksamkeit ihres neuen Herrn auf sich zu lenken, und durch Erzählung ihres Unglücks sein Mitleid zu erwecken, sodaß er ihr und ihrer Tochter, als letztere funfzehn Jahre alt war, die Freiheit schenkte.

Mit ungewöhnlichem musikalischen Talent begabt, ward die Tochter von einem Musiker, einem Italiener, angenommen, dessen Sohn sie später heirathete, worauf sie Kunstreisen in Europa machten, während die Mutter ihren Gatten ausfindig zu machen suchte, um ihre Ansprüche geltend zu machen.

Madame Teverino hatte gleichwol, solange ihre Mutter lebte, von diesen Verhältnissen keine Kenntniß erhalten, sondern wußte blos, daß ihre Mutter eine Person suchte, durch welche die Tochter reich und glücklich werden könnte. Inwieweit die Nachforschungen der Mutter von Erfolg begleitet gewesen, wußte Madame Teverino ebenfalls nicht, denn die Mutter war vor einigen Monaten gestorben, und Madame Teverino war nur noch Zeit genug gekommen, um ihren letzten Seufzer und ein Packet zu empfangen, worin sich ihr Trauschein und das Taufzeugniß der Tochter nebst verschiedenen Briefen befanden, welche ihre Ansprüche auf das Falkenstern'sche Vermögen unterstützten.

Gegen diese Aufstellung ward von Gurli der Einwand erhoben, daß sie sowol den Trauschein als auch das Taufzeugniß in ihrem Besitz habe, und die hier vorgezeigten Documente daher gefälscht seien. Gurli erzählte weiter, sie habe diese Papiere in ein Medaillon ein=

geschlossen gefunden, welches unter dem Kamin des Speisesaals in Birgersborg eingemauert gelegen habe.

Die Entscheidung ward bis zum folgenden Tage verschoben; als Gurli aber die alten Papiere aus dem Medaillon ziehen wollte, fand sie statt derselben zu ihrer Bestürzung nur zwei Abschriften, und die von Madame Teverino producirten waren die wirklichen Originale.

Daß hier ein Diebstahl oder Betrug vorgegangen, konnte Gurli nicht nachweisen, und der Proceß endete damit, daß Madame Teverino das ganze Falkenstern'sche Vermögen gerichtlich zugesprochen erhielt.

Nachdem das Urtheil auf diese Weise gefällt war, bewies Madame Teverino vor dem Andenken ihres Vaters so große Achtung, daß sie an den von ihm getroffenen Verfügungen und den für Walter, Frau Oerner und die alte Lisa ausgesetzten Pensionen nichts verändern wollte. Ja, sie verlangte nicht einmal Ersatz dessen, was Gurli während der zwei Jahre, wo sie unvermählt gewesen, von den Zinsen verthan, sondern erbot sich, zum Beweis ihrer Dankbarkeit für Gurli's Gewissenhaftigkeit, ihr, deren ganzes Besitzthum nun aus der Herrschaft Birgersborg bestand, eine Leibrente auszusetzen.

Gurli wies natürlich dieses großmüthige Anerbieten zurück, indem sie versicherte, sie sei noch immer reich genug, und wolle durchaus nichts von dem haben, was einem andern zukäme.

Während der Zeit, wo der Proceß schwebte, war Allon wie von Sinnen. Er konnte nicht verstehen, daß man Gurli das Eigenthumsrecht auf jene Millionen bestreiten wollte, wonach er so heiß gedürstet.

Als die Sache entschieden war, erlosch in ihm zugleich auch der letzte Funke von Zärtlichkeit gegen Gurli. Er hatte nun nichts mehr von ihr zu gewinnen; denn alle ökonomischen Vortheile, die er von ihr haben konnte, besaß er bereits.

Anstatt nach diesen veränderten Aussichten haushälterisch

und wie ein kluger Mensch zu leben, ward er nun gleichsam von dem Wahnwitz eines Verschwenders ergriffen. Er spielte hoch und warf das Geld auf alle nur erdenkliche Weise weg, um sich vor seinen Freunden und Bekannten den Anschein zu geben, als wäre er so unermeßlich reich, daß der Verlust dieser Millionen für ihn wie nichts sei.

Auf diese Weise verthat er binnen wenigen Monaten den ganzen Jahresbetrag der Einkünfte von Birgersborg.

Gurli widmete nach Beendung des Processes sich selbst oder ihrem Gatten kaum einen Gedanken, so beschäftigt war sie mit den Selbstvorwürfen, die sie sich machte, daß sie nicht sorgfältig genug die Papiere verwahrt, durch welche Madame Teverino im Besitz des Erbes gekommen, auf welches sie, wie Gurli glaubte, kein Recht hatte. Sie hatte deshalb mehrere Briefe an Walter geschrieben, aber ohne Antwort darauf zu erhalten.

Von ihrer Angst getrieben, schrieb sie endlich an Stephan, und theilte ihm alles mit, was die Erbschaftsangelegenheit betraf.

Stephan's Antwort bestand darin, daß er plötzlich selbst in der Hauptstadt erschien und Gurli besuchte. Er wollte eine Reise nach England machen und versprach, während seines Verweilens dort, Walter auszukundschaften und die nöthigen Schritte zu thun, um Licht in der Sache zu bekommen. Auch er bezweifelte, daß Madame Teverino wirklich Falkenstern's Tochter sei.

„Was in meinen Kräften steht, um den rechten Erben ausfindig zu machen", sagte Stephan zu Gurli, „soll geschehen. Daß Madame Teverino nicht die ist, wofür sie sich ausgibt, wird, hoffe ich, wenn ich von England zurückkomme, leicht zu beweisen sein."

Mit diesem Versprechen reiste Stephan ab.

Die Personen, welche mehr als sonst jemand von dem verlorenen Proceß getroffen wurden, waren Beate und Grönlund. Erstere bedurfte lange Zeit, um sich zu erholen, und letzterer lauerte nur auf eine Gelegenheit, die Bekanntschaft mit Madame Teverino wieder anzuknüpfen, welche der schlaue Priester während ihres letzten Aufenthalts in Birgersborg kennen gelernt. Nun fand er in ihr jedenfalls eine Bundesgenossin gegen Gurli und eine seiner würdige Helfershelferin in seinen Intriguen.

Seiner Berechnung gemäß war Allon von Stral allerdings noch ein sehr vermögender Mann; da er aber fand, daß er, selbst wenn Gurli stürbe, nicht in den Besitz von Millionen kommen könne, so verlor er alles Interesse an seinem frühern Schüler, und seine Ränke richteten sich nun gegen Madame Teverino. Die Briefe von ihm an Allon blieben aus, auch Beate beobachtete Schweigen, denn auch sie entwarf Plane für die Zukunft.

Allon bemerkte weder, daß die früher so lebhafte Correspondenz mit einem mal aufgehört, oder was sich sonst zutrug, so vollkommen gab er sich dem Reizmittel der Vergnügungen hin. Sein Leben war ein einziger, fortgesetzter Rausch, aus welchem er auch nicht einen Augenblick erweckt sein wollte.

Seiner Gattin wich er soviel als möglich aus, und kam nur dann in Berührung mit ihr, wenn er ihrer als Wirthin bei seinen Gastereien bedurfte.

Nach Stephan's Abreise war Gurli in Bezug auf die Erbschaftsangelegenheit etwas ruhiger geworden; erschrak aber in anderer Beziehung, als sie jetzt bemerkte, wie Allon mit allen seinen Kräften auf ihren Ruin hinarbeitete. Sie suchte, obschon vergebens, ihm durch freundliche Vorstellungen Einhalt zu thun. Seine Antwort war von der Art, daß Gurli die Lust verlor, den Versuch zu wiederholen.

„Ich kann ihn nicht zurückhalten“, dachte Gurli, „und es bleibt mir daher weiter nichts übrig, als mich darein zu fügen.“

So verging beinahe ein Jahr.

Der zweite Winter nahte ebenfalls seinem Ende.

Gurli und Allon wollten während des Sommers eine Badereise ins Ausland machen, weil Allon's Gesundheit durch seine zügellose Lebensweise sehr gelitten hatte. Nach Baden=Baden oder nach Homburg sollte die Reise gehen.

Von Stephan hatte Gurli nur einen einzigen Brief, worin er mittheilte, daß er Walter getroffen.

Dagegen schrieb Stephan kein Wort in Bezug auf den verlorenen Proceß, sondern schloß seinen Brief mit der Bemerkung, daß er die Zeit seiner Rückkunft nach Schweden noch nicht bestimmen könne. Sobald er etwas Weiteres mitzutheilen hätte, sollte Gurli von ihm oder Walter hören.

Es war Frühling und die Dampfschiffahrt schon in vollem Gang.

Eines Tags las Gurli in der Zeitung, daß Madame Teverino mit ihrer Tochter aus dem Auslande in Stockholm eingetroffen sei.

Ein paar Tage darauf kleidete Allon sich wie zu einem größern Souper an, und sagte zu Gurli, während er durch den Salon ging:

„Ich bin für heute zu einem Garçonschmaus eingeladen. Du kannst ins Concert fahren, ehe ich gehe."

Als Gurli am Abend in das Zimmer ihres Gatten kam, fand sie auf seinem Tisch ein von Madame Teverino unterzeichnetes Billet, in welchem Allon eingeladen ward, zu ihr zu kommen. Sie wünschte ihn als Gast in ihrem neu eingerichteten Haus in Stockholm zu begrüßen.

Gurli's Gefühle beim Lesen dieses Billets zu schildern, wäre kaum möglich. Sie konnte sich nichts Verletzenderes denken, als daß ihr Gatte wieder die Bekanntschaft mit diesen Teverinos anknüpfte, während er doch wußte, daß Gurli starken Grund hatte, die rechtmäßige Erlangung der wichtigen Papiere zu bezweifeln, welche ihnen das Falkenstern'sche Erbe verschafft hatten.

Allon ward von diesem Tage an noch kaltsinniger gegen Gurli, und begegnete ihr oft mit solcher Rücksichtslosigkeit, daß es aussah, als bestünde sein größtes Vergnügen darin, zu zeigen, daß sie nun gár nichts mehr für ihn sei.

Gurli bewahrte eine äußere Ruhe; aber es schien, als spannte Allon den Bogen so straff, daß er brechen müsse, und Gurli noch einmal mit Energie in das Schicksal beider eingreifen werde, obschon sie noch nicht recht einig mit sich selbst war, wie oder auf welche Weise dies geschehen sollte. Einen öffentlichen Skandal wollte sie soviel als möglich vermeiden; fühlte aber auch, daß es auf die Länge nicht so fortgehen könne, wie es jetzt ging.

Allon erhielt durch die Ankunft der Damen Teverino einen neuen Anlaß zum Geldverthun. Er mußte — dies war unbedingt nothwendig — als reicher Mann vor diesen Frauen auftreten, welche jetzt Besitzerinnen eines unermeßlichen Vermögens waren.

Im Theater, auf Promenaden, überall war er an Amy's Seite. Gurli's Name ward zwischen ihm und Madame Teverino niemals genannt, und wenn Amy zufällig einmal eine Frage that, welche Gurli betraf, so beeilte Allon sich, sofort das Gespräch auf etwas anderes zu bringen.

Aus dem Taumel dieser Vergnügungen und Zerstreuungen ward Allon jedoch plötzlich durch einen Brief von seiner Mutter aufgerüttelt, welche ihm meldete, daß der Inspector, derselbe, welchen Gurli schon längst hatte verabschieden wollen, durchgegangen sei und die ganze Kasse mitgenommen habe. Sie setzte hinzu, Allon's Anwesenheit sei höchst nothwendig, weil in dem Rechnungswesen die vollkommenste Verwirrung herrsche; denn ein jeder benutze die Flucht des Inspectors, um soviel Nutzen als möglich für sich daraus zu ziehen.

Allon und Gurli reisten sogleich ab. Der Gedanke, möglicherweise in pecuniäre Verlegenheit zu kommen, nachdem er fünf Jahre als reicher Kapitalist gelebt, weckte Allon's Egoismus, und er verließ Amy, wie schwer es ihm auch ward, um sich vor den Folgen des von seinem Inspector verübten Schurkenstreichs zu retten.

Madame Teverino hatte ihm jedoch beim Abschied zugeflüstert, daß sie und ihre Tochter sehr bald in die Nähe von Birgersborg kommen würden, weil sie den Sommer auf Erikstorp zuzubringen gedächten.

Die Reise ging wie mit Kurierpferden. In Gothenburg stand bei der Ankunft des Dampfboots der Wagen bereit, und man setzte sich sogleich hinein, um die Reise mit unverminderter Schnelligkeit fortzusetzen.

Drittes Kapitel.

Auf dem Wege zwischen Gothenburg und Birgersborg lag Breddal am Fuße einer steilen Anhöhe, und so gut wie dicht an der Straße.

Gurli und Allon hatten seit der Abfahrt von Gothenburg kein Wort gewechselt, und gelangten jetzt an den Hügel, an dessen anderm Ende Breddal lag. Gurli befahl dem Kutscher, langsamer zu fahren, damit kein Unglück geschehen möge; Allon aber, welcher gewöhnlich entgegengesetzter Ansicht war, befahl in seinem Eifer, daß womöglich noch schneller gefahren werde.

Als sie das in dem Thal liegende Besitzthum zu Gesicht bekam, wendete Allon sich zu Gurli mit den Worten:

„Es ist leicht möglich, daß Stephan sich jetzt nicht mehr für zu gut hält, um sich um die Erbin des Falkenstern'schen Reichthums zu bewerben. Du weißt vielleicht nicht, daß er an demselben Tag, wo wir von Stockholm abreisten, daselbst anlangte."

„Davon weiß ich allerdings nichts", antwortete Gurli und dachte, daß sie gern mit Stephan gesprochen hätte, um etwas von Walter zu hören.

„Hat er dich nicht in einem seiner Briefe davon unterrichtet?" fragte Allon.

„Du hast den Brief gelesen, den ich von ihm empfing“, entgegnete Gurli.

Allon sah Gurli an und lachte verächtlich, während der Wagen mit unglaublicher Schnelligkeit die Anhöhe hinabrollte. Noch einige Minuten und er lag umgestürzt und zum Theil zerschmettert am Fuße des Hügels.

Allon kam mit einer unbedeutenden Quetschung davon; Gurli aber lag ohne Besinnung da. Sie war schwer am Kopfe verwundet.

Die nächste Wohnung, welche es gab, war Breddal. Gurli ward daher sofort hingetragen, und Mathilde Brun übernahm es, sie zu pflegen.

Allon schien über Gurli's Zustand untröstlich zu sein, und klagte sich selbst als die Ursache desselben an.

Mathilde schickte sofort nach dem Arzt. Als dieser endlich kam, fand er, daß Gurli's Wunde höchst gefährlich und die Folgen derselben mehr als bedenklich waren.

Die ganze Nacht und auch den folgenden Tag wachte Allon an Gurli's Bett. Er vergaß über der Angst um sie sogar den Zweck der so sehr beschleunigten Reise. Seine erlöschende Liebe schien wieder aufzuflammen, als er den Gegenstand derselben zu verlieren fürchtete.

Ein Bote von Birgersborg zwang ihn jedoch am dritten Tage, dahin weiter zu reisen. Er war ganz verzweifelt, daß er sich genöthigt sah, seine Gattin zu verlassen, welche ohne alles Bewußtsein in schwerem Fieber dalag.

Mathildens Thränen rannen vor Theilnahme mit Allon's Schmerz.

„Mag man sagen, was man wolle“, dachte sie, „er liebt sie doch im Grunde genommen sehr.“

Bis zum Abend wollte Allon wieder zurücksein, um die Nacht bei Gurli wachen zu können.

Eine Stunde nach Allon's Abreise fuhr Tante Katharinens Chaise auf dem Hofe von Breddal vor.

Mathilde hatte an demselben Tage, wo das Unglück

geschehen, an Tante Katharine geschrieben, ihr den Vorfall gemeldet und hinzugefügt, daß nur wenig Hoffnung auf Gurli's Wiederherstellung vorhanden sei.

Tante Katharine trat mit mürrischer Miene ins Zimmer und begegnete hier Mathilden, welche ihr weinend entgegenkam. Mit bebender Stimme wollte Mathilde ihr erzählen, wie Allon über das geschehene Unglück ganz außer sich sei; Tante Katharine schob sie aber auf die Seite und sagte kurz:

„Ach, schweig' doch mit diesem Gewäsche, und erzähle mir nicht Dinge, die ich nicht zu wissen brauche. Ich bin hierhergekommen, um das Kind zu pflegen; denn dazu taugst du doch auf alle Fälle nicht.“

„Allon hat selbst bei Gurli gewacht und niemand anders erlaubt, sie zu pflegen, obschon ich nicht von ihrer Seite gewichen bin“, entgegnete Mathilde ganz erschrocken, daß man ihr nicht einmal zutraute, einen Kranken abwarten zu können.

„Ah so, der gnädige Herr hat zwei Nächte gewacht. Na, das wird er wol aushalten können, das muß ich sagen; aber nun ist genug geschwatzt. Führe mich zu der unglücklichen Gurli, die uns in ihrem Leben niemals etwas anderes als Verdruß und Unruhe gemacht hat.“

Tante Katharine ward von nun an Gurli's stehende Wärterin. Allerdings ward sie dabei von Mathilde unterstützt, welche mit niemals ermüdender Geduld sich die scharfen Zurechtweisungen Katharinens gefallen ließ.

Allon kam nicht, wie er versprochen, denselben Tag wieder, sondern fand sich erst den nächstfolgenden ein, und zwar nur auf ganz kurze Zeit, um sich von Gurli's Zustand zu unterrichten.

Dieser war immer noch äußerst bedenklich; Allon fuhr aber, dringender Geschäfte wegen, wieder zurück nach Birgersborg.

Am Vormittage kam Beate, um mit Thränen in den

Augen und theilnehmenden Worten auf den Lippen ihren Schmerz über das beklagenswerthe Ereigniß zu erkennen zu geben, und Gurli zu sehen, ward aber von Tante Katharine unbarmherzig fortgewiesen.

Diese fragte Beate, ob sie ihrer Ungeduld denn gar keinen Zwang anthun und nicht warten könne, bis Gurli ihren letzten Seufzer ausgehaucht, oder ob ihre Absicht sei, den Tod ihrer Schwiegertochter zu beschleunigen.

Als Beate, nachdem sie diese Begegnung von Tante Katharine erfahren, wieder nach Birgersborg zurückkam, traf sie Allon in sehr niedergeschlagener, unruhiger Gemüthsstimmung.

Er fragte ungestüm nach Gurli's Befinden. Beate suchte ihn zu beruhigen, und als er die Absicht aussprach, am Abend wieder selbst nach Breddal zu fahren, rieth sie ihm davon ab, indem sie sagte:

„Gurli kann nicht besser abgewartet werden, als von der unhöflichen Tante Katharine, welche zur Krankenwärterin geboren ist. Du würdest durch deine Nähe nur störend wirken, wenn sie in ihrem Fieber und Delirium einmal einen lichten Augenblick bekäme. Uebrigens, mein Sohn, mußt du für den Fall, daß sie sterben sollte, deine Vernunft gefangen nehmen. Du mußt darin nichts anderes sehen als den Willen des Herrn. Deine Ehe mit Gurli ist unglücklich gewesen, ist es noch und würde es auch bleiben. Ihr paßt nicht füreinander. Stirbt Gurli, so würdest du sie allerdings vermissen, aber dessenungeachtet dich doch trösten lassen. Sie hinterläßt weder Kinder noch Geschwister. Du bist der älteste ihrer Cousins, und von mütterlicher Seite hat sie, seitdem der Bruder ihrer Mutter gestorben, keine andern als sehr weitläufige Verwandte. Du bist sonach der, welcher Birgersborg erbt. Dann, mein lieber Allon, steht die Welt dir offen. Du kannst noch einmal glücklich werden, du kannst eine Frau bekommen, welche dich liebt und Besitzerin von Millionen ist."

Beate nannte keinen Namen; aber sie hatte genug gesagt, um in Allon's Brust Gedanken zu erwecken, welche seine Furcht, Gurli zu verlieren, bedeutend minderten. Seine Liebe war ausgebrannt und nur noch die Asche davon vorhanden.

Einige Tage nach dieser Unterredung wollte er nach Breddal fahren, um nach seiner Gattin zu sehen; da aber der Zustand derselben immer noch unverändert und der Ausgang ungewiß war, so zog er es vor, einen Boten zu schicken, um zu erfahren, ob eine Veränderung eingetreten sei. Er konnte von Birgersborg nicht abkommen, und hatte mit dem Ordnen der Geschäfte alle Hände voll zu thun, wenigstens sagte er dies zu Mathilde, als er eines Tags wieder einmal nach Breddal kam.

Infolge dessen, was seine Mutter zu ihm gesagt, hatte er sich schon an den Gedanken gewöhnt, daß das größte Glück für Gurli und ihn wäre, wenn sie stürbe.

Er widmete auch den Geschäften weit größere Aufmerksamkeit als je, um alles in gehörige Ordnung zu bringen. Er betrachtete sich schon als alleinigen Eigenthümer von Birgersborg. Oft gingen seine Gedanken noch weiter, und während er sich in Träume über die Zukunft vertiefte, vergaß er, daß Gurli noch lebte, und wenn er sich erinnerte, daß sie sich noch unter der Zahl der Lebenden befand, dachte er:

„Es wäre am besten, wenn ihre Qualen bald ein Ende nähmen."

Beate hatte den schwachen, charakterlosen Sohn so weit gebracht, daß er in der Tiefe seines Herzens der Frau, die er so viele Jahre geliebt und gegen welche er mit gerechtem Grund nichts zu erinnern hatte, den Tod wünschte.

Endlich erhielt Gurli die Besinnung wieder, war aber in so hohem Grade empfindlich, daß die mindeste Unvorsichtigkeit eine absolute Gefahr für ihr Leben herbeiführen konnte.

Der erste Namen, den sie aussprach, als sie zum Bewußtsein erwachte, war der Allon's; der erste Wunsch, den sie zu erkennen gab, war, ihn zu sehen.

Ein Eilbote ging sofort nach Birgersborg ab; Allon aber war nicht zu Hause, sondern nach Erikstorp zu Madame Teverino gefahren, welche kürzlich dort angelangt war.

Mit dieser Antwort kam der Bote zurück; aber man hütete sich natürlich wohl, die von ihm überbrachte Meldung Gurli mitzutheilen.

Erst am nächstfolgenden Vormittag fand Allon sich ein. Gurli war aber kurz vorher eingeschlummert, und man durfte sie nicht wecken.

Der Arzt erklärte, er hoffe nun das Beste, und suchte Allon zu bewegen, dazubleiben, bis sie erwache, damit sie ihn sähe; Allon's Zeit gestattete ihm aber nicht, länger zu verweilen. Gegen Abend wollte er wiederkommen.

Er kam jedoch nicht, und Gurli sprach auch nicht wieder den Wunsch aus, ihn zu sehen.

Als er einige Tage darauf wieder nach Breddal kam, hatte sich das Fieber wieder verschlimmert. Dennoch aber war Gurli vollkommen bei Besinnung. Als man sie fragte, ob Allon hereinkommen dürfe, nickte sie bejahend.

Als Allon an ihr Bett trat, sah sie ihn eine lange Weile schweigend an und reichte ihm die Hand. Sie war nicht im Stande, die von erkünstelter Theilnahme dictirten Fragen, die er an sie stellte, zu beantworten.

Viertes Kapitel.

Allmählich kehrte Gurli zum Leben zurück. Sie genaß langsam und war bei der mindesten Körperbewegung so empfindlich, daß sie wahrscheinlich Wochen und Monate auf Breddal zubringen mußte, ehe sie soweit wiederhergestellt war, daß sie nach Birgersborg übersiedelt werden konnte.

Schon während der zweiten Woche von Gurli's Krankheit, während noch die schwere Entzündung der Kopfwunde andauerte, war Stephan nach anderthalbjähriger Abwesenheit wieder in das Haus seiner Mutter zurückgekehrt.

Durch einen Brief von ihr von dem Unglück, welches Gurli betroffen, unterrichtet, war er darauf gefaßt, Gurli sterbend anzutreffen.

Mit der Theilnahme eines zärtlichen Bruders verfolgte er den Gang der Krankheit. Alles, was nur im mindesten zur Linderung der Schmerzen beitragen konnte, ward durch seine Fürsorge schleunigst herbeigeschafft.

Als es mit Gurli wieder besser ging, suchte er durch Tante Katharine zu erfahren, ob die Kranke etwas wünschte, oder ob sie durch irgendetwas erheitert und erfreut werden könnte, und trug dann stets Sorge, daß ihre Wünsche erfüllt wurden.

Alle zarten Rücksichten, welche Gurli das Recht gehabt hätte, von Allon zu erwarten, die aber dieser vollständig vernachlässigte, wurden ihr von Stephan erwiesen, und zwar ohne daß sein Fuß die Schwelle des Krankenzimmers überschritt.

Allon's Besuche auf Breddal wurden immer kürzer und seltener. Er war ungemein beschäftigt, hauptsächlich infolge der Flucht des Inspectors und der schamlosen Art und Weise, auf welche dieser das Besitzthum verwaltet.

Ueberdies war Gurli auch so schwächlich, daß er sie nicht durch seine Nähe stören wollte.

Nie äußerte Gurli ein Wort über das, was sie empfand, wenn Allon, nachdem er kaum bei ihr eingetreten, schon wieder Miene machte, sich zu entfernen. Sie hielt ihn nie durch eine Bitte zurück; wenn er aber fort war, kam es Tante Katharine vor, als ob eine Thräne in den Augen der Kranken glitzerte, obschon sie derselben nicht gestattete, über die bleichen, abgezehrten Wangen herabzurollen.

Die schweren Körperleiden hatten Gurli's Aussehen bedeutend verändert, und da Allon jetzt an ihr die Schönheit vermißte, welche früher eine so große Gewalt auf ihn ausgeübt, so war es ihm wirklich peinlich, sie zu sehen.

Während ihrer langsamen Wiederherstellung war Gurli in seinen Augen weiter nichts als eine beschwerliche Fessel, welche ihn von Reichthum, Unabhängigkeit und Glück zurückhielt.

Je seltener seine Besuche auf Breddal wurden, desto öfter fand er sich in Erikstorp ein.

Man sprach auch allgemein von Allon's Verweilen

dort, und zum großen Aergerniß der ganzen Nachbarschaft erfuhr man, daß Madame Teverino mit ihrer Tochter nach Birgersborg eingeladen gewesen war, während Gurli noch gefährlich krank lag.

Wenn die Nachbarn nach ihr fragten und sich nach ihrem Befinden erkundigten, antwortete Allon:

„Sie ist so ziemlich wiederhergestellt, kann aber noch nicht transportirt werden.“

Stephan hatte zweimal, als Allon seine Gattin besuchte, ihm in vollem Ernste gesagt, er handle wie ein Mann ohne Ehre und Gewissen. Die einzige Wirkung, welche dies gehabt, war, daß Allon eine ganze Woche lang nicht nach Breddal kam.

Grönlund und Beate, welche früher Allon's Eifersucht so geschickt zu reizen verstanden, vermieden jetzt gänzlich, Gurli zu nennen, oder etwas zu erwähnen, was die Gedanken auf sie hinleiten konnte.

Amy's liebenswürdige Eigenschaften, ihr Reichthum, ihre Stimme u. s. w., dies waren die Themata, welche von diesen beiden behandelt wurden, die nun wieder gemeinschaftlich darauf hinarbeiteten, eine Trennung zwischen Allon und Gurli herbeizuführen, und endlich durch eine Vermählung Allon's mit Amy in den Besitz der Geldsummen zu gelangen, nach welchen sie so lange gestrebt.

Die Zeit verging. Gurli konnte jetzt angekleidet auf dem Sofa liegen, und es traf sich zuweilen, daß Stephan die Abende damit zubrachte, daß er ihr, seiner Mutter und Tante Katharine, welche nie von Gurli's Seite wich, vorlas.

Das erste mal, als Gurli mit Stephan zusammentraf, sagte sie zu ihm:

„Lebt Walter noch, oder ist er todt?“

„Ich schrieb ja, daß ich ihn getroffen. Folglich lebt er. Sei daher unbesorgt, und thue keine weitern Fragen, bevor du völlig wiederhergestellt bist. Walter wird selbst erklären, was die Ursache seines Schweigens gewesen ist; aber nicht eher, als bis die Zeit, zu sprechen, da ist."

„Und Elisabeth", stammelte Gurli, „hast du sie auch getroffen?"

„Ja, und ich bringe auch Briefe von ihr an dich mit, die du lesen sollst, sobald du wieder gesund bist."

Fünftes Kapitel.

Der Sommer verging und stand nun im Begriff, Abschied zu nehmen.

Gurli war soweit wiederhergestellt, daß sie, auf Tante Katharinens Arm gestützt, die lange Promenade aus dem Schlafgemach nach dem vor demselben befindlichen Zimmer machen konnte.

Allon's Besuche hatten während der letzten drei Wochen gänzlich aufgehört; statt seiner aber war Beate einmal dagewesen, um Gurli zu sprechen, war aber nicht vorgelassen worden, worauf dann kein weiterer Versuch von ihrer Seite gemacht ward, sondern man sich damit begnügte, alle Wochen ein paarmal einen Boten nach Breddal zu schicken, und sich nach Gurli's Befinden zu erkundigen.

Es war in den letzten Tagen des August.

Der Arzt saß drinnen bei Gurli.

Seine Gattin, welche diesmal mitgekommen war, um ihr Herz auszuschütten und zu erzählen, was für ein Leben Allon auf Birgersborg führte, saß draußen im Vorzimmer bei den beiden ältern Frauen. Sie erzählte, es seien auf Birgersborg mehrmals Gastereien gewesen, Allon bringe seine Nächte am Spieltische und seine Tage bei den Teverinos zu, und es ginge allgemein das Gerücht, er werde sich von Gurli scheiden lassen, um sich sodann mit Amy zu vermählen.

Tante Katharine hörte diese Mittheilung an, während ihre Daumen einen verzweifelt heftigen Cirkeltanz ausführten. Wäre sie dem Drange ihres Herzens gefolgt, so hätte sie den treulosen Schurken, wie sie Allon im stillen nannte, auf kräftige und exemplarische Weise bestraft.

Als der Arzt und seine Frau wieder fort waren, ging Tante Katharine zu Gurli hinein, fand sie aber mit geschlossenen Augen daliegen. Ueberzeugt, daß sie eingeschlummert sei, schlich sich die Alte wieder hinaus, und begab sich in das große Zimmer, um Stephan aufzusuchen, den sie auch hier sitzen fand.

„Nun, hast du den Skandal gehört, und wie es auf Birgersborg zugeht?“ rief sie. „Ich hätte wahrlich Lust, hinzufahren und der ganzen Sippschaft tüchtig den Text zu lesen. Es hat mich schon lange in der Seele gewurmt, das Benehmen dieses elenden Allon gegen die arme Gurli mit ansehen zu müssen; aber warte nur, ich will ihm schon eine Melodie aufspielen, von der ihm die Ohren klingen sollen, das muß ich sagen, das muß ich sagen.“

„Aber, liebe Tante, du darfst auf altes Weibergeschwätz nicht gar zu viel geben“, bemerkte Stephan.

„Na, das muß ich sagen! Nennst du es altes Weibergeschwätz, daß Allon sich benimmt wie ein Halunke, daß die Abenteurerinnen — um mich nicht eines noch stärkern Ausdrucks zu bedienen — nach Birgersborg eingeladen worden sind, daß er fortwährend bei ihnen ist, daß er spielt —“

Tante Katharine erzählte in einem Athem alles, was die Gattin des Doctors zu berichten gehabt, und machte dazu ihre eigenen Bemerkungen und Glossen, welche sie aus der Erfahrung schöpfte, die sie sich in Bezug auf Beatens und Grönlund's Eigennutz erworben.

Stephan stützte die Stirn auf die Hand und hörte sie an. Er wußte, daß alles, was Tante Katharine sagte, in Wahrheit beruhte; er wußte vielleicht noch mehr, aber er schwieg. Wozu nützte es, von einem Uebel zu sprechen, wenn man demselben nicht entgegenzuwirken vermochte?

„Meine Meinung ist, daß Gurli sich von ihrem vortrefflichen Manne trennen muß", schloß Tante Katharine. „Kinder haben sie nicht, und er mag immerhin die Ausländerin heirathen, welche ich von jeher nicht leiden gekonnt. Gurli kann, sobald sie Allon und seine erbärmliche Mutter los ist, ganz ruhig und glücklich auf ihrem Birgersborg leben."

„Aber kannst du mit solcher Leichtfertigkeit von einer Ehescheidung sprechen, Tante?" fragte Stephan.

„Ja, das kann ich. Ist es nicht viel besser, daß ein paar Menschen anstatt in Unglück zusammen zu leben und alles zu thun, um sich gegenseitig zu verderben, sich trennen? Ich habe noch niemand durch eine solche Ehe veredelt gesehen, wo das eine alles thut, um das andere zu peinigen und zu demüthigen."

„Und ich dagegen würde alle Achtung vor Gurli verlieren, wenn sie selbst eine Auflösung der Ehe vorschlagen könnte, die sie aus freiem Willen geschlossen. Möge Allon darauf hinarbeiten, wenn er den Muth hat. Die Schande ist dann sein, Gurli aber —"

„Wird dies niemals thun!" rief diese, indem sie zu Tante Katharine und Stephan heraustrat.

„Mein Gott, Kind, was fällt dir ein, daß du dich so auf eigene Faust herauswagst?" rief Tante Katharine, ihr entgegeneilend.

„Ich denke, es ist Zeit, meine Kräfte zu erproben; denn ich muß nach Birgersborg, und wenn es mein

Leben gälte. Ich muß hin, um Allon's Ehre und Ansehen zu retten."

Tante Katharine stand im Begriff, über einen solchen Beweis von Unverstand ordentlich bös zu werden; ward aber von Stephan unterbrochen, welcher ganz ruhig sagte:

„Tante, laß mich mit Gurli sprechen."

Tante Katharine murmelte noch allerlei über Unverstand und verließ das Zimmer; als sie aber die Treppe hinunterging, um sich in den Garten zu begeben, blieb sie plötzlich stehen und sagte bei sich selbst:

„Ich wüßte nicht, weshalb ich nicht gleich selbst nach Birgersborg fahren und mit den Herrschaften dort ein ernstes Wort sprechen sollte."

Gesagt, gethan. Tante Katharine ging selbst in den Stall, um Befehl zum Anspannen zu geben. Es dauerte nur wenige Minuten, so saß sie in ihrer kleinen Chaise, die mit ihr in der Richtung nach Birgersborg davonrollte.

Als Tante Katharine sich von Gurli und Stephan entfernt hatte, trat längeres Schweigen ein.

Stephan hatte Gurli an das Sofa geführt, und selbst neben ihr auf einem Stuhl Platz genommen.

Eine lange Weile saßen sie in Gedanken vertieft, als Stephan plötzlich anhob:

„Hast du gehört, was Tante Katharine über Allon sagte?"

„Ja."

„Nun, und was meinst du zu dieser Mittheilung?"

„Daß sie übertrieben ist", antwortete Gurli, „und deshalb muß ich eben nach Birgersborg."

„In dieser Beziehung bin ich ganz deiner Meinung. Die Pflicht gebietet dir, hinzugehen. Wenn du nun aber bei deiner Ankunft dort fändest, daß das, was die Tante erzählt, nicht übertrieben, sondern die Wahrheit ist, wie würdest du dann diese Gewißheit ertragen?

„Ebenso wie ich die Mittheilung derselben ertragen habe."

„Aber, Gurli, dies ist nicht genug. Die passive Ergebung, welche du bisjetzt gezeigt, ist nicht am rechten Ort, sondern die Umstände verlangen weit mehr. Sie fordern kräftiges Handeln, wenn es dir gelingen soll, zu retten, was noch gerettet werden kann. Du hast bisjetzt nicht recht klar aufgefaßt, was die Pflicht verlangt; du hast das rechte Mittel gesucht, dich aber gleichwol darin geirrt. Du glaubtest alles gethan zu haben, als du deine Herrschsucht und deinen Stolz unterdrücktest, und dich schlaff in Allon's Launen fügtest. Du zogst dich, als du dich vernachlässigt sahst, kalt zurück, und wenn du über die Wunden, die dir geschlagen wurden, nicht klagtest, so glaubtest du, mit christlicher Geduld und Demuth zu handeln. Die christliche Lehre ist die der Liebe, und du hast nicht begriffen, daß du sie vor allen Dingen gegen deinen Gatten in Anwendung bringen solltest. Bei allen Fehlern Allon's bin ich gleichwol überzeugt, daß du einen bestimmten Sieg über seinen schwachen Charakter und seine schwankenden Grundsätze errungen haben würdest, wenn du dem Bösen mit Zärtlichkeit entgegenzuwirken gesucht hättest. Die erste Aufgabe, welche du jetzt zu lösen hast, ist, die Fehlgriffe, die du begangen, wieder gutzumachen und mit wahrem und lebendigem Interesse an der Zukunft deines Gatten ihn vor materiellem Ruin zu retten. Du mußt selbst die Geschäfte in die Hand nehmen, oder ihr seid verloren."

„Das weiß ich", stammelte Gurli, „und ich habe in dieser Beziehung schon längst den Entschluß gefaßt, dafern Gott mich am Leben läßt, alles zu thun, um Allon seinen pecuniären Verlegenheiten zu entreißen. Darin aber liegt gleichwol nicht mein und Allon's größtes

Unglück. Dieses hat tiefere Wurzeln, und liegt in seinem Mangel an Liebe. Er liebt mich nicht mehr. Sein Herz gehört Amy. Es ist ja möglich, daß, wenn er sich von mir trennte, dies ihm Glück brächte. Damit eröffnete sich ihm wenigstens die Aussicht, in den Besitz eines Vermögens zu gelangen, welches die Quelle so großer Zwietracht und Sorge gewesen ist."

„Gurli, eine solche Trennung würde, selbst wenn wir annehmen, daß Amy als die rechtmäßige Eigenthümerin dessen, was ihre Mutter jetzt in ihrem Besitz hat, betrachtet werden könne, Allon's moralischen und materiellen Untergang nur vollständig machen, denn Amy Teverino wird ihm niemals ihre Hand schenken."

„Aber warum nimmt sie dann seine Huldigungen an? Warum ermuntert sie ihn und lockt ihm auf diese Weise eine Liebe ab, die sie nicht erwidern kann?"

„Nicht sie ist es, die das Spiel mit Allon treibt, sondern ihre Mutter."

„Stephan", sagte Gurli, „du nimmst jetzt, wie du stets gethan, Partei für eine Person, deren verwerfliche Handlungen du stets zu vertheidigen gesucht hast."

„Wenn ich parteiisch wäre, Gurli, würde ich mich dann wol ein ganzes Jahr in England aufgehalten haben, um mir Auskunft über Amy's Mutter zu verschaffen und Beweise gegen sie zu sammeln, welche zu dem Resultat führen können, daß sie beide wieder in das verwandelt werden, was sie früher gewesen? Bedenke, ehe du dir so kindische Aeußerungen erlaubst, daß ich, wenn mein Herz wirklich zärtliche Gefühle für Amy hegte, niemals von dir den Auftrag übernommen haben würde, den frühern Verhältnissen der Mutter nachzuforschen. Jedes Wort über dieses Thema ist umsonst gesprochen, und deshalb wollen wir uns lieber mit Allon beschäftigen. Wenn du dich wieder hinreichend kräftig fühlen wirst, um ein paar Meilen weit zu fahren, so werde ich dich selbst nach Birgersborg begleiten, fest überzeugt, daß du das Werk als starkes, muthiges Weib angreifen und deinen Gatten von den Verirrungen zurückbringen wirst, welchen er sich nun schon allzu lange überlassen."

„Aber wird mir dies auch gelingen?" fragte Gurli.

„Wenn du verzagst, so ist die Sache schon verloren. Ohne festen Glauben an Gottes Beistand und den Sieg des Guten gibt es keinen Erfolg."

„Ich habe zu viele Feinde gegen mich", wendete Gurli ein.

„Aber du hast auch den mächtigsten aller Freunde für dich, dafern du ihm mit Innigkeit und Zuversicht vertraust."

„Ach, Stephan, meine Hoffnung und mein Glaube sind warm und lebendig, und dennoch kommt es mir vor, als ob — ob — Allon's unglückliche Neigung zu Amy wie eine unübersteigliche Scheidewand zwischen uns stünde."

„Er liebt sie ganz gewiß nicht", versicherte Stephan, „sondern es sind Tante Beate und Grönlund, welche aus Eigennutz seine Gedanken auf sie gelenkt und ihm die Aussicht vorgespiegelt haben, sich ihres Goldes bemächtigen zu können. Madame Teverino ihrerseits sieht aber in dir eine gefürchtete Feindin, und sucht daher Allon durch ihre Vorspiegelungen zu bethören und ihn glauben zu machen, Amy's Herz gehöre ihm im stillen. Seine Eitelkeit und seine Habsucht — dies sind die Gefühle, welche ihn jetzt zu Amy ziehen."

„Aber, mein Gott, welchen Vortheil kann Madame Teverino von einer solchen Intrigue haben?"

„Den, daß Allon sich von dir trennt. Sie fürchtet für den Fall, daß in der Zukunft ein Proceß gegen sie anhängig gemacht würde, seinen Eigennutz mehr als dein Gerechtigkeitsgefühl. Ist es ihr gelungen, ihre Interessen von den deinigen zu trennen, so glaubt sie dann, einen Feind weniger zu haben. Sollte sie dagegen Allon's Interessen wieder mit den ihrigen vereinen können, so besitzt sie in ihm, in seiner Mutter und in dem Comminister

Grönlund Bundesgenossen, welche der schwachen Frau kräftig beistehen werden, ihren Vortheil wahrzunehmen. Durch die ehelichen Zwistigkeiten zwischen dir und Allon bezweckt sie vor allen Dingen deine Aufmerksamkeit abzulenken, sodaß du keine Zeit haben sollst, um Nachforschungen anzustellen, bevor es ihr gelungen ist, durch ihr Gold vollkommen alles aus dem Wege zu räumen, was ihrem Besitzrecht auf das, was sie jetzt ihr Eigenthum nennt, gefährlich werden kann."

„Und die Tochter, die Tochter gibt sich dazu her, ihrer Mutter in allen diesen Dingen hülfreiche Hand zu leisten?" rief Gurli.

„Nein, aus Habsucht würde Amy sich niemals bewegen lassen, eine einzige schlechte That zu begehen. Sie wird von andern Leidenschaften geleitet. Wie alle leidenschaftlichen Charaktere wird sie von dem Einfluß derer bestimmt, welche die Saiten ihrer Gefühle anzuschlagen verstehen. Eifersucht, Haß und Liebe stehen bei ihr einander so nahe, daß sie bei dem geringsten Anreiz leicht eins in das andere übergehen und abwechselnd ihr Inneres bestürmen, dieses Innere, welches einem Vulkan gleicht, der durch seine Lava die Blumen des Friedens und sanfter Tugenden, welche vielleicht an seinem Fuße erblühen wollen, vernichtet."

Nach einer kurzen Pause sagte Gurli:

„Wann hast du Amy das letzte mal gesehen?"

„Gestern."

Ohne eine weitere Frage abzuwarten, fuhr Stephan fort:

„Allon hat dich einmal aufrichtig und von ganzer Seele geliebt, und du hast ihn deinerseits frei und ohne allen Zwang zum Gatten gewählt. Deshalb ist es nun auch deine Schuldigkeit, zu zeigen, daß du den Eid, den du bei deiner Vermählung geschworen, aufzufassen verstehst. Betrachte seine Fehler niemals als eine Entschuldigung, deine Pflichten gegen ihn von der gleichgültigen

Seite anzusehen. Es gibt nichts, was uns berechtigte, zu vergessen, was wir gelobt, selbst wenn andere dies gegen uns thun sollten."

Diese Worte fanden in Gurli's kraftvoller Seele einen Widerhall, welcher am besten bewies, daß Stephan es vollkommen verstand, zu einem Charakter wie dem ihrigen zu sprechen.

Gurli's Körperkräfte waren noch schwach. Es war deshalb nöthig, ihre Seelenstärke zu beleben, ohne die Gefühle aufzuregen, ihre Gedanken auf das Ziel zu lenken, welchem sie entgegenstreben sollte, dabei aber dieselben von den Leiden zu entfernen, welchen sie sich unterwerfen mußte.

Stephan sah sehr richtig ein, daß dieselbe Gurli, welche als Kind sich nicht gescheut, allein in Kälte und Nacht aus ihrer Pensionsschule zu ihrer Mutter zu eilen, um sich Gewißheit über den Gesundheitszustand derselben zu verschaffen, als Weib mit leichter Mühe eigene Sorgen und Prüfungen vergessen würde, dafern man ihr nur recht klar vor Augen hielte, daß sie durch vollkommene Selbstverleugnung etwas Gutes für den Mann wirken könnte, dessen Gattin sie war, und an welchen sie durch die heiligen Bande der Pflicht gefesselt ward.

Nachdem Stephan lange über dieses Thema gesprochen, ging er, um Gurli's Muth und Hoffnung noch mehr zu beleben, zu einer kurzen Berichterstattung über das über, was er in England über Madame Teverino erkundet, und wovon er bisjetzt noch nicht gesprochen.

Als Mathilde endlich bei ihrem Sohn und Gurli eintrat, war der Tag bestimmt, wo Stephan seine Cousine nach ihrer Heimat begleiten sollte.

Sechstes Kapitel.

Während Tante Katharine mit Fischer-Matthes' Knaben, der ihr Begleiter auf allen ihren Ausfahrten war, ihr altes Pferd die nach Birgersborg führende Straße entlang traben läßt, wollen wir uns einen Augenblick mit Amy beschäftigen.

Die veränderte Stellung, welche Madame Teverino's Reichthum herbeigeführt, hatte ihr gleichwol kein Glück gebracht.

Ihre Tochter, um welcher willen sie in den Besitz dieses Reichthums zu kommen gewünscht, schien sich unglücklicher zu fühlen als je.

Als der Erbschaftsproceß zu Madame Teverino's Gunsten entschieden ward, weilte sie mit ihrer Tochter in England.

Gleich nach seiner Ankunft in London machte Stephan seinen Besuch bei ihr.

Er hatte eine lange Unterredung mit ihr, in welcher er eine Erklärung über Verschiedenes verlangte, was mit ihrer frühern Bekanntschaft in Zusammenhang stand, wie er denn auch verschiedene Aufschlüsse in Bezug auf Madame Teverino's Mutter zu erhalten wünschte.

Einige Tage darauf, als Mutter und Tochter im Theater waren, besuchte er sie in ihrer Loge. Während ein anderer Cavalier mit Madame Teverino plauderte, sagte Stephan zu Amy:

„Obschon ich nicht mehr Ihr Freund bin, Signora, so will ich Ihnen doch als ehrlicher Feind eine Warnung ertheilen. Vertrauen Sie nicht auf den Reichthum, den Sie jetzt genießen, denn er ist ein unsicherer, und machen Sie sich darauf gefaßt, mich später einmal auftreten zu sehen, um Ihnen denselben wieder entreißen zu helfen."

„Sie wollen mir etwas rauben, was mein ist? Und auf welche Weise?" fragte Amy und sah ihn an.

„Dadurch, daß ich beweise, daß Ihre Mutter das, was sie jetzt besitzt, auf unrechtem Wege erlangt."

„Was wollen Sie damit sagen?"

„Daß Madame Teverino nicht Bengt Falkenstern's Tochter ist; daß es ihr wol gelungen ist, die ganze Welt zu betrügen, aber nur nicht mich und die Person, welcher sie die Papiere gestohlen, durch welche sie in den Besitz des Vermögens gelangt ist."

Amy machte große Augen. Sie betrachtete Stephan mit einem gewissen Grad von Schrecken.

Von diesem Abend an war sie verschlossener und düsterer als vorher.

Ihr Benehmen gegen ihre Mutter, welches nie zärtlich gewesen, ward noch kühler und gebieterischer. Man sah sie niemals lächeln; nichts zerstreute sie oder gefiel ihr.

Wenn ihre Mutter, welche ihr Kind bis zur Abgötterei liebte, sie fragte, was sie thun solle, um sie aufzuheitern, so antwortete sie:

„Bewerkstellige zwei Unmöglichkeiten: erstens verschaffe mir die Liebe des Mannes, den ich liebe, und zweitens verwandle meine Mutter in eine rechtschaffene Frau."

Eines Abends faßte Amy mit Heftigkeit die Hände ihrer Mutter und rief:

„Mama, sieh mir gerade in die Augen und antworte: Bist du Esther's Tochter, oder hast du dir dieses Erbe durch einen Betrug verschafft? Du wirst bleich! Ha, es ist also wahr. Jene Papiere, die du, wie du sagtest, auf Birgersborg suchtest, waren nicht dein Eigenthum, sondern du hast sie gestohlen, um reich zu werden."

Mit diesen Worten stieß Amy ihre Mutter von sich, bedeckte sich das Gesicht mit den Händen und murmelte:

„Du hast also auch mich betrogen."

Madame Teverino hatte mittlerweile Zeit gehabt, sich von ihrer Bestürzung zu erholen, und suchte ihre Tochter durch ihre Worte zu beruhigen und zu überzeugen, aber ohne Erfolg.

Amy glaubte ihren Versicherungen nicht und schenkte ihren Worten kein Gehör.

Madame Teverino sah das Benehmen ihrer Tochter und die beinahe unheilbare Schwermuth, welche sich derselben bemächtigt, mit tiefem Schmerz.

Die sonst so lebhafte Amy, welche durch ihren Gesang und die Glut ihres Vortrags tausende von Menschen hingerissen, war jetzt in einen dunkeln Schatten ihres eigenen Ich verwandelt. Die Mutter wußte, daß ihre Tochter hoffnungslos liebte; sie wußte nach der Unterredung mit Stephan, daß sie mit allem ihren Reichthum nicht im Stande sei, ihrer Tochter das Herz dieses Mannes zu erkaufen, und argwohnte nun, daß er es sei, welcher Amy's Zweifel über den ehrlichen Erwerb des Vermögens erweckt. Madame Teverino empfand daher Furcht und Haß gegen Stephan Brun, welchen sie als den Zerstörer ihres Glücks und dessen ihrer Tochter betrachtete.

Sie wußte nicht, wie sie ihre Tochter aus der düstern Gemüthsstimmung herausreißen sollte, und brachte endlich eine Reise nach Frankreich, Italien, Deutschland oder wohin Amy sonst Lust hätte, in Vorschlag, erhielt aber zur Antwort:

„Dort bin ich ja schon so oft gewesen, daß ich nicht wüßte, was ich weiter dort machen sollte. Das Einzige, was ich wünsche, wenn du es wissen willst, Mama, wäre, in Schweden zu leben und zu sterben.“

Madame Teverino reiste mit ihr nach Schweden.

Nach ihrer Ankunft hier schien Amy's Schwermuth sich ein wenig zu mindern. Sie sprach sogar einmal den Wunsch aus, Allon von Stral zu sprechen.

Sofort schrieb ihre Mutter an Allon und lud ihn ein.

Eine Zeit lang schien Amy für seine Gesellschaft sich zu interessiren; sonderbarerweise aber sprach sie mit ihm mehrentheils nur von Erbprocessen.

Die Mutter, welche sah, daß Amy auf diese Weise ein wenig Zerstreuung fand, lud ihn fleißig ein, und dachte dabei:

„Sollte Amy Zuneigung zu ihm fassen lernen, so wäre damit viel gewonnen. Er würde sich dann von der Frau trennen, die ich fortwährend als eine Gefahr, die mir droht, fürchte und verabscheue, und dann Amy heirathen. Unsere materiellen Interessen wären dann gemeinsam, und ich glaube, er würde für dieselben, wenn es gälte, ein und das andere Vorurtheil zum Opfer bringen.“

Allon's schnelle Abreise aus der Hauptstadt nach Birgersborg schien gleichwol einen Strich durch die Rechnung zu machen.

Stephan und Amy trafen bald darauf in Stockholm zusammen, aber ohne daß ein Wort zwischen ihnen gewechselt worden wäre, oder er einen Schritt gethan hätte, um sich ihr zu nähern.

Eines Abends, als der Zufall sie am Ausgange des königlichen Theaters zusammenführte, fragte ihn Amy:

„Wann reisen Sie nach Hause?“

„In einer Woche“, antwortete Stephan.

Aber schon am nächstfolgenden Tage erhielt er die Nachricht von Gurli's Unglück und eilte sogleich nach Breddal.

Nun gab Amy ihrer Mutter den Wunsch zu erkennen, den Sommer auf Erikstorp zuzubringen.

Hier angelangt, erhielten sie Kunde von dem Unglücksfall, welcher Gurli betroffen, und von der Gefahr, in welcher ihr Leben schwebte.

„Wenn sie stirbt", dachte Madame Teverino, „so wird Amy sicherlich Frau von Stral. Sie bedarf einen Mann zum Schutz, um ihren Reichthum zu vertheidigen. Sie bedarf einen Namen und eine Lebensstellung, um diesen Reichthum genießen zu können. Allon gefällt ihr überdies am besten und ist, glaube ich, ganz der Mann, um sie zu beherrschen."

Madame Teverino suchte demgemäß Allon soviel als möglich zu interessiren und lud ihn, unter dem Vorwand, ihn zu zerstreuen, so oft als möglich nach Erikstorp ein.

Zwischen Beate und Madame Teverino bildete sich gleichzeitig ein sehr lebhafter Umgang aus, und beide spielten die Rollen von intimen Freundinnen.

Pastor Grönlund, der in der reichen Frau eine prächtige Beute sah, ward ebenfalls ein sehr fleißiger Besucher auf Erikstorp.

Amy war nach ihrer Ankunft auf dem Lande für Allon sehr unzugänglich und kalt. Die Bevorzugung, die sie ihm in Stockholm zu Theil werden lassen, schien sie gänzlich vergessen zu haben und begegnete ihm wie allen andern Männern, das heißt mit der abstoßendsten Gleichgültigkeit.

Es dauerte nicht lange, so erfuhr sie, daß Stephan auf Breddal sei.

Bei dieser Kunde ward sie von einem innern Fieber ergriffen. Sie dachte fortwährend an Gurli, welche nun mit Stephan unter einem und demselben Dache weilte.

Vielleicht starb Gurli in Stephan's Armen und hauchte in seiner Gegenwart ihren letzten Seufzer aus, — ein Glück, für welches Amy sich gern jeder Qual unterworfen hätte.

„Dieses Glück ist aber keins für sie, die ihn nicht liebt", flüsterte ihr die tröstende Vernunft zu.

„Die ihn nicht liebt! Liegt dies wol innerhalb des Bereichs der Möglichkeit?" rief das leidenschaftliche Herz. „Und wenn sie es auch nicht thäte, so ist sie gleichwol von seiner Fürsorge, seiner Aufmerksamkeit und seiner Theilnahme umgeben, während mich der Kummer verzehrt, ihm weniger als nichts zu sein, — ein Gegenstand, den er verachtet."

Mit dem Ungestüm ihres südlichen Blutes überließ sich Amy dem bittern Neid, welchen alles dies erweckte. Gern hätte sie die geringste von Stephan's Dienerinnen sein mögen, dafern sie ihn nur täglich hätte sehen dürfen, und deshalb ward sie jetzt von der wildesten Begier ergriffen, sich an Gurli um eines Glücks willen zu rächen, um welches sie ihre vermeinte Nebenbuhlerin beneidete.

„Warum soll sie nicht leiden, was ich leide?" fragte sich Amy. „Ja, so muß es werden", setzte sie hinzu. „Solange sie in *seiner* Nähe lebt, soll sie von dem nagenden Gedanken gemartert werden, daß ihr Gatte sie um meinetwillen vergißt. Dann sind wir quitt."

Amy ward demgemäß wieder freundlicher gegen Allon, welcher, dadurch geschmeichelt und von Madame Teverino ermuthigt, keiner großen Freundlichkeit von seiten der Tochter bedurfte, um seine Pflichten gegen Gurli gänzlich zu vergessen und sich seinen Träumen von Gold und grünen Wäldern zu überlassen.

Es war ihm wirklich gelungen, sich zu überreden, daß er sterblich in Amy verliebt sei; dennoch fürchten wir, daß, wenn er den tiefsten Grund seines Herzens erforscht hätte, gefunden haben würde, daß es ihre Millionen waren, nicht ihre Person, was ihn am meisten fesselte.

Diese Millionen waren für ihn jetzt verlockender als je, denn seine eigenen Angelegenheiten waren so verworren, daß es eines ganz andern Charakters als des seinigen bedurfte, um sie wieder auf geordneten Fuß zu bringen, und die Verwirrung nicht in eine nicht wieder gut zu machende übergehen zu lassen.

Als es mit Gurli wieder besser ging, und die Gefahr für ihr Leben gehoben war, versank Amy wieder in solche Schwermuth, daß es unmöglich war, sie daraus aufzurütteln. In demselben Grade wie Gurli genas, wuchs Amy's Kälte gegen Allon; aber diese Kälte äußerte dieselbe Wirkung wie Oel auf das Feuer, und Allon ward in seinen Aufmerksamkeiten und Huldigungen nur noch eifriger.

Amy's Bitterkeit gegen ihre Mutter ward immer heftiger. Selbst Beate, die gegen beide die Artigkeit selbst war, ward von ihr mit so unverhohlener Verachtung behandelt, daß Madame Teverino darüber erschrak.

Mit ebenso verletzender Rücksichtslosigkeit begegnete Amy dem Comminister Grönlund, welcher jetzt der dienstwilligste Freund ihrer Mutter war.

Wagte Madame Teverino ein Wort zu sagen oder eine Bemerknng zu machen, so brach Amy in heftige Vorwürfe und Anklagen aus und schloß sich dann in ihr Zimmer ein.

Noch niemals war das Leben Madame Teverino so bitter vorgekommen, als seitdem sie in den Besitz von Gütern und Reichthum gelangt war. Sie hatte sich vollkommene Unabhängigkeit als die wahre Grundlage des Lebensglücks gedacht; bisjetzt aber war ihr Gold für sie nur eine Quelle sehr bitterer und für andere unsichtbarer Leiden gewesen.

Es war ihr als wandelte sie auf einem Vulkan, von dem sie jeden Augenblick fürchtete, er werde durch einen Ausbruch wieder vernichten, was sie gewonnen. Alles ängstigte sie, und sie hatte weder schlafend noch wachend einen Augenblick Ruhe. Sie sorgte sich um ihre Tochter, und empfand den Mangel an Liebe von dieser Seite schmerzlicher als je.

Hätte Amy, um derentwillen sie ganz besonders nach diesen Schätzen gestrebt, dieselben genossen, hätte ein Lächeln des Stolzes und des Glücks aus dem Auge der Tochter gestrahlt, dann wäre alles gut gewesen, und Madame Teverino hätte ihr Leben gern zu ewiger Unruhe verurtheilt; so aber war alles, was sie litt, vergebens.

So standen die Dinge, als Tante Katharine über Hals über Kopf beschloß, sich nach Birgersborg zu begeben.

Siebentes Kapitel.

Es war an einem jener Augustnachmittage, wo die Natur Sonnenlicht, warme Westwinde und Blumendüfte spendet, und welche um so schöner erscheinen, als man weiß, daß auf viele dergleichen Tage in dieser Zeit des Jahres nicht mehr zu rechnen ist.

Tante Katharine hatte seit ihrem Wegzuge von Birgersborg diese ihre frühere Heimat nicht wieder besucht. Sie seufzte daher tief auf, als sie, nachdem sie am Stalle aus ihrer Chaise gestiegen, auf das große Gebäude zu marschirte.

„Wenn Gurli anstatt des erbärmlichen Narren, den sie genommen, den Rechten gewählt hätte, so sähe es jetzt hier anders aus“, sagte sie bei sich selbst.

Und damit ging Tante Katharine die Treppe hinauf. In der Hausflur traf sie einen Livreediener, einen Neuling, welcher sie vom Kopf bis zum Fuße musterte und naseweis fragte, wen sie suche.

„Nun, wen sonst als deinen Herrn, du Tolpatsch“, entgegnete Tante Katharine barsch; „und da ich mit ihm verwandt bin, so brauchst du mich nicht erst anzumelden, sondern blos zu sagen, wo er zu finden ist.“

„Herr von Stral hat aber befohlen, daß ich niemand unangemeldet bei ihm vorlassen soll.“

„Nun, dann geh' und melde deinem Herrn, daß Frau Derner ihn zu sprechen wünsche. Ich will mittlerweile hier hereingehen.“

Und damit trat Tante Katharine ganz ungenirt in den Saal.

„Weißt du, ob Frau Beate von Stral zu Hause ist?“ fragte sie, sich auf der Schwelle umdrehend, den Diener.

„Sie ist mit Madame Teverino zu dem Pastor gefahren“, lautete die Antwort.

„Gut; jetzt beeile dich, deinen Auftrag auszurichten.“

„Das ist ja ein förmlicher Grenadier von einem alten Weibe“, dachte der Diener und ging ganz gemächlich die Treppe hinauf.

Als Tante Katharine in den Saal trat, blieb sie ganz überrascht von dem hellen Licht, welches in denselben fiel, stehen, und murmelte bei sich selbst:

„Das muß ich sagen, das muß ich sagen! Hier sind ja alle Bäume niedergehauen worden und —“

Sie schwieg plötzlich. Stimmen sprachen draußen auf der Terrasse. Sie näherte sich, nicht den Glasthüren, sondern einem der Fenster, um zu sehen, wer die Sprechenden wären.

Amy und Allon saßen da, die erstere mit einem Ausdruck von höhnischer Verachtung auf ihrem Gesicht. Es war als ob sie sagte:

„Nachdem ich Ihnen nun gezeigt, wofür Sie mich ansehen müssen, da Sie eine solche Sprache wie Sie führen, mit mir zu reden wagen, so will ich nun Ihnen sagen, was Sie selbst sind.“

„Ich bitte, erlauben Sie mir noch einige Worte“, unterbrach Allon.

„Ich habe Ihnen gestattet auszureden, nun will ich nichts weiter hören. Sie müssen dagegen meine Worte vernehmen. Man muß entweder ein Ehrloser oder ein Blödsinniger sein, um nur einen Augenblick lang vorauszusetzen, daß ein Weib etwas anderes als Verachtung und Widerwillen gegen einen Mann empfinden könne, welcher, während seine Gattin mit Schmerzen kämpft, einer andern den Hof macht, und fremden Personen die Pflege derjenigen überläßt, an deren Seite er seiner Pflicht gemäß sein sollte. Merken Sie wohl, mein Herr, daß ich schon von dem Augenblick an, wo sie als Bräutigam sich in mich verliebt stellten, Sie verachtet habe. Wieviel mehr muß ich dies jetzt thun. Sie sind in meinen Augen so tief gesunken, daß nicht einmal meine Verachtung zu Ihnen hinabsteigen kann. Möge das zu wissen Ihnen genügen."

„Amy!" rief Allon und sprang wie wahnsinnig empor.

„Guten Abend!" sagte Tante Katharine, indem sie auf die Terrasse hinaustrat.

Allon drehte sich rasch herum und prallte bei Katharinens Anblick einige Schritte zurück, als ob er ein Gespenst sähe.

Amy brach in ein lautes, spöttisches Gelächter aus.

Dann erhob sie sich von ihrem Platz und sagte, indem sie Tante Katharine im Vorübergehen begrüßte:

„Ich entferne mich in der festen Ueberzeugung, daß Frau Derner Herrn von Stral zur Vernunft bringen wird. Die große Hitze scheint nachtheilig auf sein Hirn eingewirkt zu haben."

Sie drehte ein wenig den Kopf herum und setzte, zu Allon gewendet, hinzu:

„Bon soir, Monsieur; melden Sie meiner Mutter, daß ich nach Hause gefahren bin, und bemühen Sie sich nicht wieder zu uns nach Erikstorp. Ich wäre untröstlich, wenn Sie durch Ihre Besuche dort die vielen Geschäfte versäumten, welche Sie hier zu besorgen haben."

Wieder lachte Amy auf eine für Allon teuflische Weise.

„Also, du freiest schon um eine andere, ehe du noch von deiner Frau geschieden bist? Das muß ich sagen, du hast sehr eilig!“ hob Tante Katharine an, als sie mit Allon allein war.

Allon unterbrach sie und erklärte, er gestatte niemand, sich in sein Thun und Lassen zu mischen. Dann setzte er in heftigen Worten hinzu, das Beste, was Tante Katharine, wenn sie ihm etwa Moral predigen wolle, thun könne, sei, sich schleunigst wieder dahin zu begeben, woher sie gekommen sei.

Tante Katharine schwieg und ließ ihn ausreden; als aber Allon sich bei den letzten Worten der Thür näherte, stellte sie sich zwischen diese und ihn.

„Willst du oder willst du nicht, daß Gurli erfahre, was hier vorgefallen? Willst du oder willst du nicht, daß ich allen deinen Bekannten das Schauspiel erzähle, dessen Zeuge ich soeben gewesen bin, und mit welcher Verachtung du von einer ehemaligen Theaterprinzessin behandelt worden bist? Wenn du nicht wünschest, daß ich dich zum Gelächter der ganzen Nachbarschaft mache, so bleibe und höre, was ich dir zu erzählen habe. Du wirst doch nicht etwa glauben, daß ich, Katharine Oerner, mich durch einige unverschämte Worte abspeisen lasse. Ich habe sowol Schnabel als Klauen, um mich, wenn es sein muß, zu vertheidigen, und habe mir einmal vorgenommen, dir den Kopf zurechtzusetzen. Es bleibt dir demnach nichts übrig, als mich ruhig anzuhören.“

Allon fand, daß dies allerdings für ihn das Räthlichste sein würde, wie wenig Lust er auch dazu verspürte. Lieber wäre es ihm gewesen, der verhaßten Tante Katharine den Mund auf immer verschließen zu können, so wüthend war er bei dem Gedanken, daß sie Zeugin des Auftritts zwischen ihm und Amy gewesen; aber dennoch sah er sich genöthigt, sich in den Willen der Alten zu fügen.

„Da du in Gurli's Auftrag kommst, um mich, da

sie selbst nicht im Stande ist, es zu thun, in ihrem Namen zu peinigen", entgegnete Allon, „so wird es wol am besten sein, wenn wir das, was gesprochen werden soll, anderwärts abhandeln als hier. Willst du mit ins Bibliothekzimmer kommen?"

Nachdem sie hier eingetreten waren, warf Allon sich auf einen Stuhl, kreuzte die Arme über der Brust und erwartete mit Resignation, was weiter kommen würde.

Tante Katharine nahm ebenfalls einen Stuhl und setzte sich ihm gegenüber. Die Arme auf den Tisch stützend, betrachtete sie den jungen Ehemann durch ihre Brille.

Dann begann sie mit ernster Stimme eine Erzählung, welche weit bis in die Kindheit der drei Cousins zurückging. Sie sprach ohne alle Bitterkeit. Sie entrollte blos ein Gemälde nach dem andern und führte ihm die Vergangenheit klar vor die Augen.

Allon ward auf diese Weise gezwungen, in den Spiegel der Wahrheit zu blicken, und darin sich selbst, seine Mutter, Grönlund und Gurli im rechten Lichte zu sehen. Nicht blos die Handlungen, sondern auch die Beweggründe zeichnete die Alte mit furchtbarer Treue. Sie schilderte die drei letzten Jahre seiner Ehe, wie er sich Schritt um Schritt von einer Thorheit zur andern verleiten lassen, und dadurch Treue, Ehre, Gewissen und Pflicht verrathen.

Bei jeder andern Gelegenheit würde dieses Vorhalten seiner Fehler und Verirrungen auf ihn keinen andern Eindruck gemacht haben, als daß dadurch sein Zorn erweckt worden wäre. Jetzt aber, nach der Niederlage, die er soeben erlitten, und welche ihn der Hoffnung beraubte, die er während der letzten Zeit gehegt, jetzt fühlte er sich völlig entmuthigt.

Lebhafter als alles andere trat vor ihn die Schilderung seines Lebens für den Fall, daß Gurli und er voneinander getrennt würden, oder daß sie ihn ohne Hülfe seinen pecuniären Bedrängnissen überließe.

Schon im ersten Jahre seiner Ehe hatte er die zwanzigtausend Reichsthaler, welche er baar ausgezahlt erhalten, verschwendet und dann während der Jahre, wo er die Einkünfte von Birgersborg verwaltet, doppelt soviel verthan, als diese betrugen. Wenn er sonach von Gurli geschieden ward, so sah er sich auch zugleich in einen vollständig ruinirten Mann verwandelt.

Deutlich und klar sah Allon ein, daß, nachdem die Hoffnung, Amy's Hand zu gewinnen, für ihn verschwunden war, in Gurli seine einzige materielle Rettung beruhte, selbst wenn sie ihm mit dem Rechte, welches ihr dem Ehecontract gemäß zustand, die Verwaltung des Besitzthums wieder abnahm.

Wir wollen hierbei keineswegs behaupten, daß Tante Katharinens Worte im Stande gewesen seien, eins von Allon's bessern Gefühlen anzuregen. Diese waren während der letztverflossenen Jahre von den schlimmern, welche seine Mutter so fleißig in Bewegung setzte, so gründlich erstickt worden, daß sie nicht wieder ins Leben gerufen werden konnten, besonders da Allon's Innere nicht sonderlich reich ausgestattet war. Tante Katharine gelang es daher auch nur, seine egoistischen Interessen wachzurufen.

Als sie mit der Schilderung seiner Handlungsweise fertig war und aufstand, um sich wieder zu entfernen, fühlte Allon, daß das Einzige, was ihm noch übrig blieb, eine Versöhnung mit Gurli war.

In Uebereinstimmung mit dieser Ueberzeugung sagte er:

„Deine Worte, Tante, lassen mich hoffen, daß du die Kluft zwischen mir und meiner Gattin nicht noch mehr erweitern und dieser folglich verschweigen wirst, daß ich, wie die meisten Männer, schwach genug gewesen bin, mich bethören zu lassen —"

„Von Amy's Gold", setzte Tante Katharine hinzu,

„von demselben Gold, in dessen Besitz du durch die Vermählung mit Gurli zu kommen gedachtest. Ja, ich werde schweigen, wenigstens bis auf weiteres; aber stelle meine Geduld nicht durch eine schlechte Handlungsweise gegen deine Gattin allzu sehr auf die Probe, das sage ich dir.“

Tante Katharine knüpfte ihr Hutband und schickte sich an, sich auf den Rückweg zu machen.

Allon sah ein, daß Tante Katharine ihm eine gefährliche Feindin werden könne, und sagte daher, er wisse ihre Freundschaft und gute Absicht gebührend zu schätzen, wenn sie auch in Beurtheilung seiner Handlungsweise zu streng gewesen sei, und er werde diesen neuen Beweis von Wohlwollen niemals vergessen.

„Wohlwollen und Freundschaft habe ich für dich oder deine Mutter niemals gehegt, und werde dergleichen für euch niemals hegen“, unterbrach ihn die Alte. „Ebenso wenig lasse ich mich durch deine schönen Worte bethören. Ich weiß, daß du mich in deinem Herzen weit von hier hinwegwünschest; aber du fürchtest mich, und deshalb spielst du den Schönredner. Jetzt lebe wohl! Ich werde bald wieder von mir hören lassen.“

Achtes Kapitel.

Nicht lange, nachdem Tante Katharine Birgersborg verlassen hatte, kamen Beate von Stral und Madame Teverino dahin zurück. Sie fanden Allon in dem Bibliothekzimmer, wo er auf demselben Platz sitzen geblieben, wo Tante Katharine ihn verlassen, um seine dermalige Stellung zu überlegen.

Er fühlte sich erbittert gegen die ganze Welt und haßte die ganze Menschheit: seine Mutter, weil sie sein Glück vernichtet; Grönlund, weil dieser ihr dabei auf so geschickte Weise behülflich gewesen; Gurli, weil er sie einmal geliebt; Amy, weil sie seine Hoffnungen getäuscht, und Madame Teverino, weil sie Besitzerin des Vermögens war, welches wie ein Fluch sein Dasein vergiftete.

Als er Madame Teverino's Gesicht erblickte, fühlte er sich im höchsten Grad durch die Erinnerung an die Begegnung gereizt, die er von ihrer Tochter erfahren.

Wie ein Blitz tauchte die Erinnerung an die Worte in ihm auf, welche Gurli während des Erbschaftsprocesses gesprochen:

„Nicht das Vermögen wünsche ich zu vertheidigen, denn dieses betrachte ich nicht als das meinige, sondern ich will blos verhindern, daß es durch einen kecken Betrug in unrechte Hände komme. Madame Teverino hat das Trauzeugniß ihrer Mutter nicht auf die Weise bekommen, wie sie angibt, denn dasselbe ist mir gestohlen worden. Es ist meine feste Ueberzeugung, daß diese Frau nicht Bengt Falkenstern's Tochter ist."

Allon, welcher zeither diese Worte beinahe vergessen, erinnerte sich jetzt derselben mit einer gewissen Schadenfreude und in der Hoffnung, sich möglicherweise später einmal an Amy dadurch rächen zu können, daß er sie des Reichthums beraubte, von welchem er sich gänzlich ausgeschlossen sah.

Er beantwortete daher Madame Teverino's verbindlichen Gruß sehr kalt und dachte dabei:

„Ich wünsche nichts inniger als beweisen zu können, daß du eine Betrügerin bist. Es sollte mir ein förmlicher Genuß sein, dich und deine Tochter wieder zu umherirrenden Sängerinnen zu machen."

Beate sowol als auch Madame Teverino bemerkten seine veränderte Art und Weise.

Allon, sonst die Artigkeit selbst, war jetzt beinahe unhöflich, sodaß Madame Teverino darüber erstaunte.

Als die beiden Intriguantinnen allein waren, betrachteten sie einander einige Augenblicke, bis Beate ausrief:

„Was hat sich während unserer Abwesenheit hier zugetragen?"

„Ja, irgendetwas muß sich hier zugetragen haben, das ist klar", bemerkte Madame Teverino.

Sie dachte hierbei mit Unruhe an ihr Vermögen, welches sie fortwährend von irgendeiner Gefahr bedroht zu sehen fürchtete.

Sie nahm Abschied von Beate und fuhr sogleich nach Hause, um womöglich von Amy einen Aufschluß über das zu erhalten, was zwischen ihr und Allon vorgegangen war.

Beate that ihrerseits einige Fragen an die Dienerschaft und erfuhr dadurch, daß Frau Oerner auf Besuch hier gewesen war.

Madame Teverino erhielt von ihrer Tochter durchaus keine Aufklärung.

Bei ihrer Nachhausekunft fand sie Amy mit dem Füttern ihrer Canarienvögel beschäftigt. Auf die Fragen ihrer Mutter antwortete sie:

„Ich weiß durchaus nicht, weshalb Herr von Stral auf schlechter Laune ist, auch interessirt mich das weiter nicht. Dieser unausstehliche Narr ist so langweilig, daß ich nicht wieder mit ihm zusammentreffen mag.“

Die Mutter öffnete den Mund, um noch eine Frage zu thun; Amy aber rief ungeduldig:

„Laß mich in Ruhe, oder ich schließe mich in mein Zimmer ein!“.

Ein heftiger Husten folgte, wie dies stets der Fall war, wenn Amy gereizt ward.

Madame Teverino schwieg, ließ Zuckerwasser bringen und sah ihre Tochter mit bekümmertem Blick an.

Beate hatte inzwischen überlegt, ob sie Allon wissen lassen solle, daß sie von Tante Katharinens Besuch Kenntniß hatte, oder ob sie thun sollte, als wisse sie nichts davon.

Sie entschied sich für das erstere und ging zu ihm hinauf.

„Nun, lieber Allon, wie steht es mit Gurli? Doch nicht etwa schlimmer, da Tante Katharine hier gewesen ist?“ fragte Beate, ohne zu thun, als bemerkte sie die Bewegung von Ungeduld, welche ihr Sohn bei ihrem Anblick machte.

„Ich vermuthe, daß sie sich noch immer auf dem Wege der Besserung befindet“, antwortete Allon.

„Du vermuthest es? Weißt du es nicht gewiß?“

„Nein.“

„Aber was wollte denn die alte Oerner?“

„Mit mir sprechen."

„Wirklich? Nun, das muß etwas sehr Erbauliches gewesen sein. Ich wundere mich, daß du in deinem Hause eine Person empfängst, welche deine Mutter fortwies, als sie sich nach dem Befinden deiner Gattin erkundigen wollte. Du bist fürwahr charakterloser, als der Mensch das Recht hat, zu sein; du bist —"

„Schweig'!" rief Allon. „Wenn ich charakterlos bin, so hast du dich selbst deswegen anzuklagen; denn du hast alles gethan, um mich dazu zu machen. Dennoch aber bin ich es nicht in dem Grade, daß ich mir vorschreiben ließe, wen ich empfangen soll oder nicht."

Mit diesen Worten ging Allon in das Nebenzimmer und schlug die Thür heftig hinter sich zu.

Am nächstfolgenden Tage war der Himmel ebenso trübe, als er am Abend vorher klar gewesen. Allon brachte den ganzen Vormittag in sein Zimmer eingeschlossen zu. Er schrieb an Gurli.

Nach einer schlaflosen Nacht beschloß er, durch eine schriftliche Erklärung seines so wenig Theilnahme verrathenden Benehmens während Gurli's Krankheit den ersten Schritt zu einer Wiederannäherung zu thun.

Er hatte schon mehrere Briefe angefangen, aber einen nach dem andern wieder vernichtet. Die Wahrheit und seine Fehler gestehen wollte er nicht, und ebenso wenig zugeben, daß er unrecht gehabt. Einen nur einigermaßen haltbaren Grund für seine Handlungsweise wußte er aber auch nicht ausfindig zu machen.

Hätte Allon so viel Charakterstärke besessen, seine Verirrungen ehrlich zu gestehen, so wäre nicht so viel häusliches Elend entstanden und es hätte dann etwas Wahres und Zuverlässiges in ihm gelegen, worauf man hätte bauen können. So aber war der Grund seines Charakters ein für allemal schlecht.

Es war ein Uhr mittags, und immer noch war der Brief nicht fertig.

Beate, welche sich das Benehmen ihres Sohnes nicht erklären konnte, war zu Grönlund gefahren, um sich mit diesem zu berathen und Vermuthungen aufzustellen.

Derselbe unverschämte Lakai, welcher Tante Katharine empfangen, lag jetzt ausgestreckt auf einem der Gartensofas, rauchte eine Cigarre und betrachtete das Laub, welches der Wind über seinem Kopfe in unaufhörliche Bewegung setzte.

In dieser nützlichen Beschäftigung ward er durch das Geräusch eines Wagens gestört, welcher die Allee heraufkam.

Mit einer gemurmelten Verwünschung, daß man doch nie einen Augenblick Ruhe haben könne, erhob sich der Lakai und schaute nach dem herannahenden Wagen, welcher am Gitterthor halt machte. Dennoch rührte er sich nicht vom Fleck, um das Thor zu öffnen, sondern der Kutscher mußte absteigen und selbst das Nöthige bewirken.

Auf dem Kutschbocke saß ein schlanker, hochgewachsener Herr.

Als der Wagen in den Hof hineinfuhr, fand der Lakai es doch räthlich, sich nach dem Hofgebäude zu begeben, um von der obersten Stufe der Freitreppe die Fremden in Augenschein zu nehmen; wäre aber beinahe zurückgeprallt, so erschrak er bei dem Blick, den er in den Wagen warf.

In demselben saß nämlich die junge gnädige Frau, bleich und wie ein Schatten ihres eigenen Ich. Der Diener vergaß, die betreßte Mütze abzunehmen und die Wagenthür zu öffnen, und stürzte vielmehr die Treppe hinauf in das Zimmer seines Herrn, der ihn mit einem lauten Fluche fragte, was das für ein unschickliches Benehmen sei.

„Die junge gnädige Frau ist da!“ stammelte der Diener zu seiner Entschuldigung.

„Bist du verrückt, Kerl? Was sagst du?“ rief Allon.

„Die junge gnädige Frau ist da; der Wagen hat soeben halt gemacht, und ich wollte —“

Allon schob den Diener auf die Seite und eilte mit hastigen Sprüngen die Treppe hinunter.

„Ist es möglich, daß Gurli aus freiem Antrieb hierherkommt?“ dachte er.

In der Hausflur angelangt, erblickte er Stephan, welcher Gurli aus dem Wagen half. Nach Gurli stieg Tante Katharine aus.

„Gurli!“ rief Allon und eilte auf sie zu.

Sie reichte ihm schweigend die Hand, worauf Stephan sie in das Zimmer hinauftrug, wo ihre Mutter so viele Jahre lang ihre traurigen Tage verlebt.

Als Allon nachfolgte, legte Tante Katharine ihre Hand auf seine Schulter und flüsterte:

„Keine Scenen, keine Auftritte, wodurch sie in Aufregung versetzt werden könnte, das vergiß nicht. Solange sie noch Pflege bedarf, bleibe ich hier, und du wirst dafür sorgen, daß deine Mutter nicht ihre Nase in Gurli's Zimmer stecke, dafern du willst, daß diese hier bleibe.“

Allon gab keine Antwort. Er glaubte sich in die fatalste Lage versetzt, in welcher ein Sterblicher sich befinden könnte, und doch erschien es ihm wie eine Schickung des Himmels, daß Gurli wieder nach Birgersborg zurückkam, und er dadurch der Nothwendigkeit überhoben ward, an sie zu schreiben.

Die Begrüßung, welche die beiden Ehegatten wechselten, war ganz kurz; denn der Arzt, welcher Gurli begleitet, fand sich in demselben Augenblick ein, wo Allon sich näherte, um sie willkommen zu heißen.

Der Arzt bat alle, außer Tante Katharine, sich zu entfernen.

„Frau von Stral bedarf nach der langen Fahrt Ruhe", sagte er.

Stephan und Allon gingen miteinander hinaus.

„Laß uns auf dein Zimmer gehen", sagte Stephan. „Ich habe dir einige Worte zu sagen, ehe ich nach Breddal zurückkehre."

Sie lenkten ihre Schritte nach Allon's Zimmer.

„Gurli befindet sich nun wieder unter demselben Dache wie du", hob Stephan ohne weitere Umschweife an. „Sie ist aber nicht mehr stark und gesund wie früher, sondern krank und schwach. Es ist daher nicht thunlich, daß du eine Wiederholung der Auftritte beginnst, die früher hier stattfanden, wo das arme Wesen von dir und deiner Mutter nach Herzenslust gepeinigt ward."

„Höre, Stephan, ich werde nicht —"

„O, du wirst schon, laß mich nur ausreden", fuhr Stephan fort. „Was ich zu sagen habe, betrifft euer beider Wohl. Ich habe bisjetzt geschwiegen und mich nicht in deine Handlungsweise gemischt; ich habe dich nicht einmal an das Versprechen erinnert, welches du mir an euerm Verlobungstage gabst. Die Ursache meines Schweigens war deine ebenso abgeschmackte als ungerechtfertigte Eifersucht. All meine Einmischung in euere Verhältnisse würde derselben nur neue Nahrung gegeben haben, und deshalb blieb ich ein stummer Zuschauer dessen, was sich zutrug. Jetzt dagegen ist es anders. Du kannst nicht eifersüchtig auf eine Frau sein, von welcher du dich trennen willst."

„Hab' ich das gewünscht?" rief Allon.

„Ja; hier ist der Beweis", entgegnete Stephan, indem er zwei Briefe zum Vorschein brachte.

Allon erkannte dieselben als die seinigen an. Er hatte sie vor erst wenigen Tagen an Amy geschrieben. Stephan hielt sie empor und setzte hinzu:

„Mit diesen Briefen als Zeugen gegen dich wird es

dir schwer werden, Gurli zu überreden, etwas zu thun, um dir aus der Geldverlegenheit zu helfen, in welche du gerathen bist. Sie wird dich ganz bestimmt deinem Schicksal überlassen, wenn ihr bewiesen wird, was für ein Elender du bist."

„Welche niedrige Verrätherei!" murmelte Allon.

„Von Verrätherei gegen einen verheiratheten Mann, welcher mit einer andern Frau als der seinigen von Liebe spricht, kann nicht die Rede sein. Gegen einen solchen braucht man keine zarte Rücksicht zu nehmen. Indessen, ich bin nicht hierhergekommen, um dir einen moralischen Vortrag zu halten, sondern um dir die Bedingungen mitzutheilen, unter welchen ich mich verbindlich mache, diese Briefe nicht in Gurli's Hände kommen zu lassen. Diese Bedingungen sind: Erstens entfernst du sofort deine Mutter. Sie muß fort, nicht allein aus deinem Haus, sondern auch aus der Nachbarschaft. Zweitens wirst du deine Gattin mit all der Rücksicht behandeln, welche ihre schwächliche Gesundheit erfordert. Dies ist alles, was ich verlange. Du wirst mir dein Ehrenwort darauf geben und es besser halten, als bisjetzt mit deinen Versprechungen der Fall gewesen ist."

„Dies ist nicht nöthig", antwortete Allon. „Schon gestern beschloß ich, meine Mutter abreisen zu lassen, und es wird mir wol nicht schwer ankommen, nicht der Henker meiner eigenen Gattin zu sein."

„Du bist es aber schon einmal gewesen, und mit deinem Charakter könntest du es leicht aufs neue werden."

„In diesem Falle mache Gebrauch von diesen Briefen. Ein Versprechen gebe ich nicht."

„Gut; ich halte dich für besser, wenn du nichts versprichst", sagte Stephan und damit schieden die Cousins.

Neuntes Kapitel.

Einige Tage darauf reiste Beate von Birgersborg ab. Allon begleitete sie bis Gothenburg. Sie war nahe daran, vor Wuth zu ersticken, als sie nicht allein von Birgersborg, wo sie nun zwei Jahre residirt, scheiden, sondern sich auch von den Intriguen trennen mußte, zu welchen sie in Gemeinschaft mit Grönlund und Madame Teverino so prächtige Einleitung getroffen.

Hätte Beatens Haß gegen Gurli noch größer werden können, als er war, so wäre dies jetzt geschehen. Sie gab sich daher auch selbst das Versprechen, nicht eher zu ruhen, als bis Allon von Gurli getrennt und mit Amy vermählt wäre.

Auf dem Rückwege von Gothenburg reiste Allon über Erikstorp. Er wollte Amy sprechen, und ihr sagen, wie schlecht sie an ihm gehandelt habe. Er wollte erklären, daß wenn sie ihn verachtete, er ihr jetzt mit derselben Münze lohnte u. s. w.

Er fühlte einen unwiderstehlichen Drang, den Haß, den er empfand, als er seine Briefe an Amy in Stephan's Händen sah, in Worte zu kleiden; das Schicksal hatte aber gleichwol beschlossen, daß er diesmal keine Gelegenheit dazu erhalten sollte, denn bei der Ankunft in Erikstorp theilte man ihm mit, daß Madame Teverino mit Tochter am Tage vorher abgereist seien.

Zu Hause in Birgersborg angelangt, gab er vor, sich den Fuß verrenkt zu haben, um nicht Gurli zu besuchen zu brauchen, und blieb demgemäß auf seinem Zimmer.

Er wollte vor der Hand einem Zusammentreffen mit ihr ausweichen; sobald aber Gurli von dem angeblichen Unfall unterrichtet ward, fand sie sich bei ihrem Gatten ein, um sich zu überzeugen, daß die Sache nicht gefährlich sei.

So mild, so theilnehmend, so freundlich, wie Gurli sich jetzt zeigte, hatte er sie noch nie gesehen; aber diese Freundlichkeit verfehlte alle Wirkung, denn Gurli's Wangen waren bleich und abgezehrt, und ihr ganzes Aeußere so verändert, daß Allon sie fast häßlich fand.

Eine Frau aber, die nicht mehr schön war, konnte er auch nicht mehr lieben. Gurli's Herzlichkeit ward ihm deshalb nur lästig, und er ward dadurch nicht im mindesten gerührt.

So vergingen zwei Wochen.

Allon erhielt mittlerweile von seinen vielen Gläubigern einen Mahnbrief über den andern, und sein Wunsch, sich seiner pecuniären Bedrängniß entreißen zu können, ward daher mit jedem Tag größer.

Der neue Inspector brauchte Geld. Allon sah sich außer Stand, dessen zu schaffen.

Es gab blos ein Mittel, aus dieser Klemme herauszukommen, und dieses war, ein Darlehn auf Birgersborg aufzunehmen, wie Allon von dem Bürgermeister O., dem alten Geschäftsagenten des Falkenstern'schen Hauses, gerathen ward.

Diese Anleihe konnte aber nur durch Gurli selbst gemacht werden.

Während der Bürgermeister, der am Morgen nach Birgersborg gekommen, bei Allon war, hatte sich der

Inspector bei Gurli eingefunden, um ihr zu sagen, wie die Sachen standen.

Der Sommer war vergangen, ohne daß Allon einen entscheidenden Schritt zur Beschaffung der Mittel gethan, welche der Betrieb der Landwirthschaft erheischte, und deshalb wendete sich der Inspector nun an Gurli, weil er gehört, daß die Herrschaft, dem Ehecontract zufolge, ihr alleiniges Eigenthum sei.

Während Allon dem Bürgermeister die finanzielle Lage auseinandersetzte, that der Inspector dasselbe seiner Herrin gegenüber.

Die Bankiers, an welche der Ertrag der Jahresernte abgeliefert werden sollte, betrachteten denselben als Rückzahlung der Vorschüsse, welche sie Allon geleistet, sodaß folglich kein Ueberschuß, sondern eher noch ein Deficit sich ergab. Ein Theil der Arbeitsleute hatte noch Lohn zu fordern und weigerte sich, weitere Dienste zu thun, bevor sie für die bisher geleisteten bezahlt wären u. s. w.

Gurli, welche sich noch zu schwach gefühlt hatte, um Notiz von Geschäften zu nehmen, vergaß bei Anhörung des Inspectors ihre gebrochene Gesundheit, um sich dieser Schilderung mit dem lebhaftesten Interesse zu widmen.

Allerdings war sie darauf gefaßt, zu hören, daß die Geschäfte in Unordnung gerathen seien; aber sie hatte es nicht für möglich gehalten, daß diese Unordnung so groß sei, denn der jährliche Ertrag der Herrschaft Birgersborg belief sich auf mehr als funfzigtausend Reichsthaler.

Als der Inspector von dem Finanziellen zur Schilderung des moralischen Zustandes der Leute überging, fiel diese Schilderung noch beklagenswerther aus.

Die Fröhner waren arm, faul, gleichgültig und unzuverlässig.

Sie betrachteten Birgersborg als einen von Gott verlassenen Ort, die Besitzerin desselben als ein verlorenes Wesen, und sich selbst als für das Himmelreich auserkoren, weil sie früh und spät Psalmen sangen und beteten.

Die Verarmung war allgemein, vollkommener Mangel an Arbeitslust herrschte bei den meisten, weil sie hofften, Gott werde ihnen schon aus ihrer Armuth helfen, dafern sie nur fleißig zu ihm beteten, wenn sie auch selbst nichts thäten.

Gurli stützte ihre bleiche Stirn auf die Hand, und klagte sich selbst an, weil sie ihre Pflichten gegen alle diese Menschen, welche von ihr abhingen, nicht recht erfüllt.

„Wie sollst du einmal vor Gott Rechenschaft ablegen?" rief die Stimme des Gewissens.

Sie verabschiedete für den Augenblick den Inspector, einen klugen und verständigen Mann, und versprach ihm, allen diesen Uebelständen, sobald es geschehen könnte, abzuhelfen.

Dann ging sie zu Allon.

Sie traf diesen, als er eben ganz aufgeregt in seinem Arbeitszimmer auf- und abging.

„Ich wollte", hob sie an, „eigentlich nicht eher von Geschäften sprechen, als bis ich als vollkommen wiederhergestellt zu betrachten wäre; da der Inspector mir aber eine vollständige Schilderung unserer finanziellen Stellung gemacht hat, so finde ich, daß jeder Tag Aufschub die Verlegenheit nur noch steigern muß, und deshalb sind wir jetzt gezwungen, die geeigneten Schritte zu thun, um weiterm Unheil vorzubeugen. Ich muß dir daher sagen, bester Allon, daß ich es für unser beider Zukunft am räthlichsten erachte, wenn ich die Vollmacht, durch welche ich die Verwaltung von Birgersborg auf dich übertrug, wieder zurücknehme."

„Was soll das heißen?"

„Weiter nichts, mein Freund, als daß du nicht daran gewöhnt bist, ein großes Landgut zu bewirthschaften, daß unsere finanzielle Stellung auf dem Spiele steht, und daß diese gerettet werden muß."

Gurli setzte nun Allon ein Arrangement auseinander, welchem zufolge eine gewisse Summe für ihre persönlichen Ausgaben bestimmt ward. Ueber diese hatte Allon das Recht zu verfügen.

Ferner sollte ein gewisser Theil des Ertrags zur Abbezahlung von Allon's Schulden und Deckung des Deficits, welches durch die Unredlichkeit des frühern Verwalters entstanden, bestimmt, und endlich ein Theil für die Gutsunterthanen verwendet werden.

Gurli sprach mit Sanftmuth, aber zugleich mit solcher Bestimmtheit, daß sie es als eine ausgemachte Sache zu betrachten schien, Allon werde keinen Augenblick zögern, auf ihre Vorschläge einzugehen.

Darin aber irrte sie sich.

Er wäre einmal von ihr mit der Verwaltung von Birgersborg beauftragt, und wollte derselben nicht gutwillig entsagen.

Gurli erklärte, daß sie in diesem Fall nicht geneigt sei, eine Anleihe auf Birgersborg aufzunehmen, oder sich in irgendeiner Weise für eine solche zu verbürgen.

Allon ward zornig und sprach verletzende Worte, aber ohne daß diese eine Wirkung auf Gurli zu äußern vermochten.

Ihre Antwort war sanft und ernst; aber sie blieb unabänderlich bei ihrem Entschluß stehen, und Allon's Ausfälle dienten zu nichts.

Gurli ließ sich in ihrer bestimmten Weigerung, ein Darlehn aufzunehmen, solange Allon Verwalter der Einkünfte sei, nicht einmal durch ie Schilderung seiner erniedrigenden und abhängigen Stellung als Mann wankend machen, und endlich, als Allon, welcher des Drängens seiner Gläubiger müde war, einsah, daß es keinen andern Ausweg gab, beschloß er, aus der Noth eine Tugend zu machen und sich in Gurli's Willen zu fügen.

Dabei aber nahm er sich in seinem erbitterten Gemüth fest vor, daß Gurli ihm dies bezahlen solle, sobald sie sich schriftlich verbindlich gemacht, seine dermaligen Schulden zu übernehmen, was Gurli zu thun versprach, sobald er auf die ihm früher ertheilte Vollmacht verzichtete.

Schon am nächstfolgenden Tage schickte Gurli einen Boten an den Bürgermeister O., und ließ ihn um einen Besuch bitten.

Mit einer Energie und Klugheit, die man ihr nicht zugetraut hätte, griff Gurli das Werk an, um mit O.'s Beihülfe Ordnung in die Geschäftsangelegenheiten zu bringen.

Die Thätigkeit, in welche sie auf diese Weise versetzt ward, schien einen wohlthätigen Einfluß auf ihre Gesundheit auszuüben, denn die bleichen Wangen bekamen wieder eine lebhaftere Farbe, und die Augen etwas von ihrem frühern Glanze.

Gurli hatte während der Tage stummer Qualen, wo sie von ihrem Gatten verlassen und vergessen hier lag, ihr Herz erforscht, die Beweggründe ihrer Handlungen geprüft, und demüthig vor Gott und sich selbst erkannt, daß sie kein glücklicheres Los verdient als das, welches ihr zu Theil geworden.

Was sie in jüngern Jahren nicht fassen gewollt, hatte sie jetzt in den Stunden des Schmerzes verstehen gelernt.

Die moralische Entwickelung ihres Innern zu einem höhern und edlern Streben, als welches das Vertrauen auf die eigene Kraft einflößt, hatte Gurli aus der Selbstsucht herausgehoben, in welcher sie bisjetzt gelebt. Je deutlicher das Bild des göttlichen Ideals war, welches vor Gurli's Seele stand, desto deutlicher stand auch vor ihr, wie und auf welche Weise sie den Gott anbeten müsse, vor welchem sie an dem großen Tage des Gerichts Rechenschaft für das ablegen sollte, was ihr anvertraut worden.

Dieses Bewußtsein lehrte sie auch, nicht in zweckloser Trauer über den Mangel an eigenem Glück ihr Leben ungenützt verstreichen zu lassen. Sie sah ein, daß sie vielmehr arbeiten müsse, um wieder gut zu machen, was sie gefehlt, und deshalb suchte sie eine nützliche Thätigkeit, welche ihr die Leiden, die sie sich selbst zugezogen, vergessen machen könnte.

Da sie, trotz der bedenklichen Mienen des Arztes, sich als vollkommen wiederhergestellt betrachtete, so hielt Tante Katharine ihre fernere Anwesenheit für überflüssig und verabschiedete sich.

Gurli bat sie nicht, länger zu bleiben. Sie wußte, daß es vergeblich gewesen wäre, und übrigens begriff sie auch, daß die Nähe der Alten eine Qual für Allon sein mußte.

Wohl aber bat sie die alte, erprobte Freundin, unter den Gutsunterthanen von Birgersborg, welche früher Unterstützung von der Herrschaft genossen, umherzufahren und zu hören, ob sie von Grönlund die Almosen bekommen, die er zu verwalten gehabt.

Sie selbst konnte noch keine langen Ausfahrten unternehmen, und betrachtete überdies Tante Katharine, die noch von alters her bei den Leuten in gutem Andenken stand, als die geeignetste Person, um über den jetzigen Stand der Verhältnisse in dieser Beziehung genaue Erkundigung einzuziehen.

Es dauerte nicht lange, so hatte Tante Katharine auch in der That mehrere eben nicht noble Beweise von der Art gesammelt, wie der fromme Pastor im Namen Gottes die Armen bestohlen, und die Unterstützungen, welche dem Krankenhause und der Schule hatten zu Theil werden sollen, in seine eigene Tasche gesteckt hatte.

Nachdem es Gurli gelungen war, dies mit Zahlen zu belegen, glaubte sie hinreichend stark zu sein, um Grönlund ihre Meinung von Herzensgrunde zu sagen.

Ihre erste Ausfahrt galt daher der Wohnung des Comministers.

Wir halten es für überflüssig, ausführlich mitzutheilen, was zwischen dem frühern Lehrer und seiner Schülerin gesprochen ward. Ohne Groll, ohne Zorn, aber auf ganz bestimmte Weise sagte Gurli ihm ihre Meinung.

Grönlund beantwortete ihre Anklagen mit einem frömmelnden Klagelied über die Ungerechtigkeit, deren Opfer er sei; Gurli unterbrach ihn aber kurz und sagte, wenn sie so streng handeln wollte, wie sie eigentlich sollte, so würde sie seine Schurkenstreiche zur Kenntniß des Publikums bringen; denn ihrer Ansicht nach habe er schon längst das Recht verwirkt, das Amt, welches er noch innehatte, zu bekleiden. Sie riethe ihm daher, ihr nicht etwa imponiren zu wollen, sondern in der Folge seine Handlungsweise zu ändern und nicht das Volk zu verderben. Wenn er damit fortführe, werde sie ihn wegen der Unredlichkeit, womit er die Armenkasse verwaltet, zur Rechenschaft ziehen lassen.

Gurli redete die ungeschminkte Sprache der Wahrheit und entfernte sich dann mit der Versicherung, daß sie ein wachsames Auge auf ihn haben werde.

Als sie von diesem erbaulichen Besuch wieder nach Hause kam, überreichte man ihr ein Billet von Allon, und theilte ihr zugleich mit, daß er verreist sei.

Ein wenig überrascht öffnete Gurli den Brief und las:

„Liebe Gurli!

„Ich hoffe, daß Du, ebenso wie ich, unser Beisammensein während der letzten Wochen so unangenehm gefunden hast, daß eine Verlängerung desselben unsere Gemüther nur noch mehr erbittern könnte. Ich habe deshalb meinen Entschluß gefaßt und reise nach Stockholm, wohin der Dienst mich ruft, und vermuthe, daß Du, da Du jetzt so viel mit Geschäftsangelegenheiten zu thun hast, es vorziehst, hier zu bleiben.

„Auf diese Weise sind wir der Unannehmlichkeit überhoben, beisammen zu leben, und umgehen zugleich den Skandal einer Scheidung.

„Du glaubst vielleicht, daß ich mich durch Deine erkünstelte Freundlichkeit habe täuschen lassen; aber Du irrst Dich, denn ich habe die schöne Maske durchschaut und weiß, daß es Dir in Deinem Herzen ebenso schwer ankommt, meinen Anblick zu ertragen, als mit mir in Bezug auf den Deinigen der Fall ist. Die Nothwendigkeit zwingt uns, vor der Welt auch noch ferner Ehegatten zu sein; aber wir wollen uns diesen Zwang so wenig als möglich zur Plage gereichen lassen. Dies wünscht

Allon."

Gurli fühlte sich, nachdem sie diesen Brief gelesen, durch diesen neuen Beweis von Allon's Treulosigkeit einen Augenblick lang wie vernichtet. Sie hatte nach dem Gespräch mit Stephan angefangen, auf eine Wiedervereinigung mit Allon zu hoffen, und nun, nun ward diese Hoffnung durch diesen Brief vollständig vereitelt.

Nachdem Gurli sich von dem schmerzlichen Schlage einigermaßen wieder erholt, dachte sie:

„Wohlan, möge es denn geschehen, wie er wünscht. Ich bleibe hier und überwache seine Interessen zugleich mit denen meiner Untergebenen."

Der Grund von Allon's plötzlicher Abreise waren zwei Briefe, die er am Tage vorher erhalten. Der eine war von Madame Teverino, der andere von seiner Mutter.

Madame Teverino beklagte, daß es ihr nicht vergönnt gewesen, vor ihrer Abreise von Erikstorp Allon noch einmal zu sprechen und ihm mitzutheilen, daß Amy's Gesundheitszustand äußerst bedenklich sei. Sie bat ihn daher, so schnell als möglich sich in Stockholm einzufinden, weil sie ihm etwas Wichtiges mitzutheilen habe. Ihr Brief schloß mit den Worten:

„Ich kann vielleicht Aufklärungen über vieles geben, was Ihnen zu wissen nöthig ist, indem ich beweise, wie Ihre Gattin gemeinschaftlich mit dem Districtsrichter Brun auf unwürdige Weise eine meiner Tochter erwiesene Artigkeit benutzt hat, um Sie zu zwingen, auf alles einzugehen, was man von Ihnen wünschte, und Sie von Ihrer Gattin abhängig zu machen. Meine arme Amy hat infolge dieser Intriguen die bittersten Schmerzen auszustehen gehabt."

Beatens Brief war kurz, aber inhaltreich. Er lautete:

„Mein lieber Allon!

„Obschon Dein charakterloses Benehmen mein Herz für Dein Wohl oder Wehe völlig gleichgültig machen sollte, so ist doch meine mütterliche Liebe so groß, daß ich Dir noch einmal einen guten Rath geben will. Reise sofort, nachdem du Madame Teverino's Brief erhalten, nach Stockholm. Dort wirst Du Kenntniß von Dingen erhalten, welche, im Fall Du Dich ihrer als kluger Mann zu bedienen weißt, sicherlich eine Veränderung in Deinem Leben und Deiner Stellung herbeiführen. Gehorche dieser Ermahnung Deiner Dich stets liebenden

Mutter."

Allon, welcher seine Stellung zu Gurli im höchsten Grad unbehaglich gefunden, seitdem er auf sein Amt als Herrscher von Birgersborg hatte verzichten müssen, ergriff begierig die Aussicht, Gurli einer betrügerischen Handlung gegen ihn beschuldigen zu können.

Die Erbitterung gegen Madame Teverino und Amy war mit einem mal verschwunden, und er suchte nun zwischen den Zeilen der Briefe der erstern einen für seine Eitelkeit schmeichelnden Erklärungsgrund der Handlungsweise der erstern herauszulesen, denn er betrachtete dieselbe als das Ergebniß einer Intrigue von Stephan's und Gurli's Seite.

Genug, diese Briefe verschafften Allon einen längst ersehnten Anlaß, Birgersborg unverweilt zu verlassen und sich nach Stockholm zu begeben, was jetzt ganz nach seinem Geschmack war; denn Gurli hatte die Befriedigung seiner Gläubiger auf sich genommen, und er hatte daher die Aussicht, ein flottes Leben zu führen und neue Schulden machen zu können, für deren Bezahlung dann Gurli später wieder einmal das Vergnügen haben sollte, besorgt zu sein.

Zehntes Kapitel.

Zwei Tage nach Allon's Abreise fand Stephan sich auf Birgersborg ein. Er kam, um Gurli einen Brief mitzutheilen, welchen Walter an ihn geschrieben, und von dessen Inhalt Gurli, dem Willen des Mulatten gemäß, in Kenntniß gesetzt werden sollte, weil er, wie er sagte, es immer noch für das Räthlichste hielt, nicht an sie selbst zu schreiben.

Während Stephan den Brief vorlas, und Gurli aufmerksam zuhörte, bemerkten beide nicht, daß jemand den Kopf durch den Thürvorhang steckte und sofort wieder zurückzog, eine Bewegung, die sehr hastig war, wodurch aber der Lauscher Gelegenheit erhielt, zu sehen, ob Stephan nach beendetem Vorlesen den Brief behielt, oder Gurli übergab.

Nachdem Stephan noch eine Weile über Walter und die Plane, welche dieser hatte, gesprochen, ging er auf Gurli's Privatleben über.

„Man sagte mir bei meiner Ankunft hier, Allon sei verreist; wo ist er denn hin?"

„Nach Stockholm, wohin sein Dienst ihn rief", antwortete Gurli in einem Ton, welcher verrieth, daß sie mit weitern Fragen verschont zu bleiben wünschte.

Stephan verstand sie und nahm bald darauf Abschied, indem er sagte:

„Morgen reise ich nach der Hauptstadt, weil ich versprochen habe, Walter mit allen Rathschlägen, die ein Jurist geben kann, beizustehen, und ihn den von einer gewissen Seite her verübten Betrug entlarven zu helfen. Er muß, wie ich aus dem Brief vernommen, in einigen Wochen in Stockholm eintreffen."

Als Gurli zum Abschied Stephan die Hand reichte, sagte sie:

„Ich gäbe sonst etwas darum, wenn man den rechten Erben ausfindig machen könnte."

Sobald Stephan fort war, eilte Lotta zu dem Comminister, um diesem mitzutheilen, was sie hinter dem Thürvorhang von dem Gespräch des Districtsrichters und ihrer Herrin sowie von Walter's Brief erlauscht hatte.

Am Tage darauf verreiste der Comminister, niemand wußte wohin.

Wieder vergingen ein paar Wochen.

Gurli fuhr fort, durch Thätigkeit und durch das Gute, welches sie für andere ausrichten konnte, ihre eigenen Leiden zu vergessen zu suchen.

Eines Morgens, als sie erwachte — es war etwas über vierzehn Tage, seitdem Allona bgereist war —, überreichte man ihr einen Brief mit dem Poststempel Gothenburg.

Sie betrachtete die Adresse. Dieselbe war von Walter geschrieben, aber mit unsicherer und zitternder Hand.

Gurli riß das Couvert auf.

„Mein Gott, sollte ihm etwas zugestoßen sein!" dachte sie. Sie las:

„Meine theuere Gebieterin!

„Sehr krank bin ich hier angelangt, und da ich das Schlimmste fürchte, so bitte ich Sie inständig, unverweilt hierher nach Gothenburg zu kommen, damit ich, im Fall meine Krankheit einen tödlichen Ausgang nehmen sollte, noch Zeit habe, Ihnen die wichtigen Entdeckungen mitzutheilen, die ich gemacht, und infolge deren alles noch ein glückliches Ende nehmen kann. Ihr ergebener Diener

Walter Yactes."

Gurli ertheilte sogleich Befehl, die zu ihrer Abreise erforderlichen Anstalten zu treffen. Die unsichere und zitternde Handschrift verrieth nur allzu deutlich, daß Walter sehr krank war. Sie rief den Inspector und ertheilte ihm Verhaltungsbefehle für den Fall, daß sie länger ausbliebe, als sie jetzt voraussehen konnte, und sagte ihm, er solle sich, wenn er während ihrer Abwesenheit etwas brauchte, an den Bürgermeister O. wenden. Dann reiste sie ab.

Als der Diener die Wagenthür zuschlug und sich neben den Kutscher setzen wollte, kam Fischer-Matthes eiligst herbeigelaufen. Dennoch ist es ungewiß, ob er, noch ehe der Wagen fortfuhr, zur Stelle gekommen wäre, wenn Gurli ihn nicht gesehen hätte. Sie rief sofort dem Kutscher zu, daß er noch warten solle.

„Nun, wie geht dir's, lieber Matthes?" rief Gurli, als ihr Schützling neben dem Wagen stand. „Ich habe dich sehr lange nicht gesehen, aber von dem Districtsrichter gehört, daß es dir wohl geht. Wünschest du mich zu sprechen, da du so eilig hattest?" setzte sie freundlich hinzu.

Matthes athmete tief auf.

„Ich wollte Sie um etwas bitten, gnädige Frau", stammelte er.

„Nun, so laß hören. Kann ich deine Bitte bewilligen, so werde ich es thun."

„Nun sehen Sie, ich hörte unterwegs, daß Sie nach Gothenburg zu reisen beabsichtigten, gnädige Frau, und ich wollte fragen, ob Sie mir nicht erlauben wollten, mich auf den Kutschbock zu setzen und mitzufahren?"

sagte Matthes, indem er seinen blanken Hut zwischen den Händen herumdrehte.

„Sehr gern; hast du etwas in Gothenburg zu verrichten?“

„Ja, und es liegt mir viel daran, hinzukommen.“

„Nun, in diesem Fall kann Franz zu Hause bleiben und Matthes sich neben Bergström setzen“, befahl Gurli zu dem Diener gewendet.

Sobald Fischer-Matthes sich auf seinen hohen Standpunkt geschwungen, fuhr der Wagen von Birgersborg hinweg.

Spät am Abend rollte er in die ebenen Straßen Gothenburgs hinein.

Gurli ließ sich nach dem Hause fahren, wo sie gewöhnlich abzusteigen pflegte. Es war finster. Der Wagen hielt an der Thür, wo ein Mann stand und wartete. Er kam auf Gurli zu und fragte auf englisch:

„Mylady Stral?“

„Die bin ich“, antwortete Gurli.

„Ich soll Sie ersuchen, gefälligst sogleich hinunter nach dem Hafen zu fahren. Mr. Yactes befindet sich an Bord des Washington; er liegt sehr krank danieder.“

Gurli ersuchte den Mann, sich an Matthes' Stelle mit auf den Kutschbock zu setzen, und dann fuhr der Wagen schleunigst nach dem bezeichneten Ort.

Es war in den letzten Tagen des Monats October. Der Abend war stürmisch und ein schwerer nasser Nebel hing wie eine düstere Trauerwolke über der Erde.

Der Theil des Hafens, wo der Washington lag, war ganz öde. Ein paar matte, vom Nebel umhüllte Laternen vermochten keine Helligkeit auf dem Quai zu verbreiten, und man mußte genau wissen, wie die Schiffe lagen, um eins von dem andern unterscheiden zu können.

Gurli's Führer fand jedoch ohne Schwierigkeit das, wohin sie kommen sollte, und nachdem er durch einen Ruf den auf dem Washington befindlichen Matrosen seine

Ankunft zu erkennen gegeben, ward eine Laterne sichtbar, und er führte Gurli an Bord.

Einige Minuten waren vergangen, seitdem Gurli ihren Wagen verlassen, als der Kapitän des Washington ans Land kam und dem Kutscher in gebrochenem Schwedisch mittheilte, seine Herrin ließe ihm sagen, er solle zurück nach ihrem Absteigequartier fahren und dort weitere Anordnungen erwarten.

Sehr froh, nicht hier in Nebel, Finsterniß und Sturm auf seine Gebieterin warten zu brauchen, ließ Bergström sich dies nicht zweimal sagen, sondern versetzte seinen Pferden einen Peitschenhieb und fuhr vom Hafen hinweg.

In demselben Augenblick, wo der Wagen sich in Bewegung setzte, stieg jemand vom Hintersitz und schlich sich nach der Laufplanke, auf welcher der Kapitän stehen blieb, bis das Rollen der Wagenräder nicht mehr zu hören war.

Eine Stunde später lichtete das Schiff den Anker und glitt langsam aus dem Hafen hinaus.

Still und lautlos wie ein Gespenst schwebte es auf der schwarzen, unruhigen Wasserfläche dahin.

Am nächstfolgenden Morgen erhielt der Kutscher, welcher Gurli nach Gothenburg gefahren, einen an den Inspector adressirten Brief, während seine Gebieterin ihm zugleich sagen ließ, er solle sich sofort auf den Rückweg nach Birgersborg machen, um den Brief an den Inspector zu befördern.

Elftes Kapitel.

Allon's erster Besuch, nachdem er in Stockholm angelangt war, galt Madame Teverino. Er ward von dieser würdigen Dame empfangen, als ob sie eine Erscheinung aus einer bessern Welt erblickte. Sie vergoß Freudenthränen, sprach von ihrer Freundschaft für ihn und seine Mutter, und machte es ihm durch ihren Wortschwall unmöglich, auch nur eine Silbe über die Lippen zu bringen.

Endlich gelang es ihm doch, seinen Wunsch, Amy zu sprechen, zu erkennen zu geben.

Madame Teverino's Miene änderte sich sofort.

Die erkünstelte Rührung, welche sie bei Allon's Eintritt an den Tag gelegt, wich dem Ausdruck eines so tiefen Kummers, daß Allon sofort merkte, er habe einen schmerzlichen Punkt ihrer Seele berührt.

„Amy ist krank", antwortete Madame Teverino. „Sie hat seit ihrer Ankunft hier ihr Zimmer gar nicht, und ihr Bett blos auf kurze Augenblicke verlassen. Sie können sie nicht eher sprechen, als bis es wieder besser mit ihr geht; denn sie darf niemand empfangen. Inzwischen will ich Ihnen erklären, wie Amy's Briefe in die Hände des Districtsrichters Brun gerathen sind, und weshalb Amy bei ihrer letzten Begegnung so unfreundlich gegen Sie gewesen ist. Alles dies ist das Werk Ihrer Gattin und des Districtsrichters."

Madame Teverino tischte nun Allon eine lange und rührende Geschichte auf, wie sie und ihre Tochter während einer unglücklichen Periode ihres frühern Lebens Stephan's Bekanntschaft gemacht, welcher ihnen damals einen Dienst geleistet, über welchen sie sich aus Zartgefühl gegen ihren verstorbenen Mann nicht näher erklären wolle. Genug, Stephan hatte infolge dieses Dienstes eine gewisse Gewalt über Amy erlangt, welche ihm dafür dankbar sein zu müssen glaubte.

Mit den Briefen sei es folgendermaßen zugegangen.

Am Tage vor Amy's letztem Besuch auf Birgersborg, als Madame Teverino und Beate zusammen ausgefahren gewesen, hätte Stephan einen Besuch bei Amy auf Erikstorp gemacht. Durch Bitten und Drohungen hätte er ihr das Versprechen abgezwungen, allen Umgang mit Allon abzubrechen, welcher, wie Stephan behauptete, Amy nur deswegen seine Huldigung darbrachte, um dann prahlen zu können, sie habe ihn vor andern vorgezogen.

Genug, es sei Stephan gelungen, Amy zu reizen, sodaß sie in ihrem Zorn und um sich an Allon, der, wie Stephan behauptete, die Mutter und Tochter für ihre Artigkeit und Freundlichkeit hinter ihrem Rücken verlachte und verspottete, zu rächen, die Briefe gegeben, welche Allon an sie geschrieben.

Am nächstfolgenden Tage sei Amy mit ihrer Mutter nach Birgersborg gekommen, um Gelegenheit zu haben, Allon zu zeigen, daß sie ihn wegen seiner Falschheit gegen sie verachte. Was damals zwischen ihnen gesprochen worden, wisse Allon selbst. Dieser Auftritt habe die Folge gehabt, daß Amy erkrankt sei, und zwar auf so bedenkliche Weise, daß Madame Teverino mit ihrer

Tochter sofort nach Stockholm habe abreisen müssen, um hier ärztliche Hülfe zu suchen.

Durch Briefe von Pastor Grönlund habe sie erfahren, was sich auf Birgersborg zugetragen, Gurli's Rückkehr dahin, Stephan's Erscheinen daselbst und die Schritte, welche in ökonomischer Hinsicht gethan worden.

In diesen Mittheilungen habe sie die Erklärung von Stephan's Handlungsweise gefunden, und weshalb er Amy gegen Allon aufgereizt.

Madame Teverino's Worte versöhnten Allon mit der Niederlage, die er erlitten, vollständig. Es lag auch in der That ein gewisser Grad von Wahrheit darin, obschon sie dieselbe entstellte und ihren Interessen gemäß benutzte.

So stimmte es zum Beispiel mit dem wirklichen Sachverhältniß überein, daß Stephan am Tage vor dem, wo Amy die zärtliche Glut Allon's mit so großer Verachtung beantwortet, auf Erikstorp gewesen war und mit ihr gesprochen hatte.

Bei dieser Unterredung hatte er ihr gezeigt, daß sie, abermals von ihren schlimmern Eingebungen geleitet, sich der Verleumdung preisgegeben, und daß sie, was noch schlimmer war, eine kranke und leidende Gattin der Pflege und zärtlichen Fürsorge ihres Mannes beraubt. Amy's einzige Antwort auf die Schilderung, welche Stephan von dem von ihr angerichteten Unheil entwarf, bestand darin, daß sie ihm Allon's Briefe vorlegte und dabei sagte: „Können Sie diese Briefe auf irgendeine Weise zum künftigen Nutzen der Person verwenden, welche Ihrer Meinung nach durch mich so tief gekränkt worden, so thun Sie es. Ich werde morgen schon allen Umgang mit Herrn von Stral abbrechen, denn sein Anblick ist mir unerträglich. Alles, was ich jetzt wünsche, ist, daß Sie mich nicht hassen, und daß ich vor meinem Tod das Vermögen, in dessen Besitz meine Mutter, wie Sie glauben, auf unrechte Weise gelangt ist, in den Händen des rechten Eigenthümers sehe. Ihr Haß und Ihr Argwohn, daß ich die Früchte eines Betrugs genieße, haben mir das ganze Leben verleidet und mich einem frühzeitigen Grabe nahe gebracht.“

„Amy, ich hasse Sie nicht“, hatte Stephan geantwortet; „aber ich bin nicht mehr Ihr Freund, sondern muß früher oder später gegen Ihre Mutter auftreten.“

„Und an dem Tage, wo es Ihnen gelingt, mich arm zu machen, werde ich wieder Frieden der Seele und Dankbarkeit im Herzen empfinden. Doch vergessen Sie nicht das Versprechen, welches Sie mir in London gaben, meine Mutter nicht unglücklich zu machen.“

„Ich werde mein Wort halten.“

Madame Teverino, welche von der Dienerschaft erfahren, daß Stephan in Erikstorp gewesen, hatte nach dem Auftritt in Birgersborg den ganz richtigen Schluß gezogen, daß Stephan es gewesen sei, welcher Amy in ihrer Abneigung gegen Allon bestärkt habe.

Ueberdies hatte Amy, als sie ihren Wunsch, Erikstorp zu verlassen, zu erkennen gab, ihrer Mutter gesagt, sie sei Allon auf eine Weise begegnet, daß dieser unmöglich den freundschaftlichen Umgang mit ihnen weiter fortsetzen könne.

Sie hatte auch ihrer Mutter ganz ehrlich mitgetheilt, daß sie Stephan einige Briefe gegeben, welche Allon geschrieben, und sie gebeten, sich aller Intriguen in Bezug auf Allon zu enthalten.

Als Amy die Reise nach Stockholm antrat, war sie wirklich so krank, daß Madame Teverino in ihrer Unruhe alles über der Furcht vergaß, dieses Kind zu verlieren, welches sie auf ihre Weise bis zur Abgötterei liebte.

Nach der Ankunft in der Hauptstadt besserte sich Amy's Zustand ein wenig, doch verboten ihr die Aerzte, während der ganzen kalten Jahreszeit das Zimmer zu verlassen, und machten ihr die größte Ruhe zur Pflicht.

Die Mutter, welche von der eigentlichen Krankheit

ihrer Tochter und von der Unheilbarkeit dieses Uebels keine Ahnung hatte, gewann mit der scheinbaren Besserung, die in Amy's Gesundheitszustand eintrat, auch ihre Schlauheit wieder.

Das erste, was sie that, war, daß sie sich mit Allon zu versöhnen suchte, weil sie mehr als alles andere fürchtete, ihn zum Feind zu haben, und weil er als Gurli's Gatte in der Zukunft doch vielleicht noch gemeinschaftliche Sache mit ihr machte.

Sie machte deshalb von dem, was sie von Stephan's Unterredung mit ihrer Tochter wußte, insofern Gebrauch, daß sie Amy in Allon's Augen entschuldigte, und die ganze Schuld auf Stephan und Gurli wälzte.

Sobald Allon sich auf diese Weise von Madame Teverino vollständig dupiren lassen, war es für Beate leicht, ihn zu überzeugen, daß Amy mit ganzer Seele an ihm hinge, und daß ihre Krankheit eine Folge ihres Kummers darüber sei, daß sie einen Mann liebe, der bereits vermählt sei.

Allon dachte, während er dies hörte, ausschließlich an die pecuniären Vortheile und die Unabhängigkeit, welche eine Verbindung mit Amy, im Fall eine solche zu Stande kommen könnte, für ihn zur Folge haben würde.

Gedanken an eine Ehescheidung tauchten wieder in seinem Gehirn auf, und zwar um so lebhafter, als kein Schatten von Zärtlichkeit ihn jetzt noch an Gurli fesselte.

Zwei Wochen lang überlegte Allon, auf welche Weise er ohne allen Skandal seine Ehe lösen könnte, als er eines Tags einen Brief von Gurli erhielt.

Diese meldete ihm, sie habe eine Reise ins Ausland unternommen, und beabsichtige, etwas über ein Jahr auszubleiben. Sie schlug Allon zugleich vor, ihre Abwesenheit zu benutzen, um die Scheidung bewirken zu lassen, weil sie nach seiner Entfernung von Birgersborg dies für das Beste hielt, was es für sie beide geben könnte.

Allon eilte mit diesem Briefe sogleich zu seiner Mutter.

Beate, welche sich durch Madame Teverino vollkommen überzeugen ließ, Allon werde, sobald er von Gurli geschieden sei, Amy's Hand erhalten, benutzte diese Gelegenheit, um ihren Sohn in der Absicht zu bestärken, diesen entscheidenden Schritt zu thun, besonders da Gurli selbst es wünschte.

Nach dieser Berathschlagung ward beschlossen, daß Allon seine Gattin in öffentlichen Blättern gerichtlich zur Rückkehr zu ihm auffordern lassen solle. In einem Jahr war er dann eines Bandes ledig, welches er einmal mit so großem Eifer zu knüpfen bemüht gewesen.

Beate, die schlauer war als ihr Sohn, und von Grönlund fortwährend ermahnt ward, Allon sich nicht eher zur Scheidung bestimmen zu lassen, als bis ihm ein entschiedener Vortheil von Madame Teverino zugesichert worden, beschloß, mit dieser über die Sache zu sprechen, und machte demgemäß der reichen Südländerin einen Besuch.

Nachdem Beate von der Möglichkeit gesprochen, daß Allon sich zu einer Ehescheidung entschlösse, sagte sie:

„Nicht wahr, Madame, Sie würden sich freuen, wenn Sie in der Zeitung läsen, daß mein Sohn seine Frau gerichtlich verfolgen ließe?“

„Ach ja, denn dann läge es im Bereich der Möglichkeit, daß meine Tochter wieder gesund würde“, antwortete Madame Teverino.

„Ehe ich aber als kluge und umsichtige Mutter diesen Schritt anrathen kann“, hob Beate wieder an, „bedarf ich einiger Garantie, daß Allon der materiellen Vortheile, die er jetzt besitzt, sich nicht beraube, ohne dessen sicher zu sein, was er im unglücklichsten Fall zum Austausch dafür erhält. Lassen Sie uns ganz aufrichtig sprechen. Sie wünschen, daß Gurli von ihrem Mann geschieden werde, — weshalb, dies will ich weiter nicht erforschen, und habe es nie zu erforschen gesucht. Sie sind reich und können deshalb für Ihre Launen opfern, soviel Ihnen beliebt. Geben Sie daher meinem Sohn die schriftliche Zusicherung eines jährlichen Einkommens, welches dem gleichkommt, welches Gurli von dem Ertrag von Birgersborg für seine persönlichen Ausgaben festgesetzt. Sie gewinnen dadurch, daß Sie Allon's Interesse an das Ihrige fesseln, selbst wenn infolge eines unvorhergesehenen Zufalls aus der Vermählung zwischen ihm und Ihrer Tochter nichts würde. Nur unter dieser Bedingung unterstütze ich Ihren Wunsch, Gurli ihrer gesetzlichen Stütze und des Hüters ihrer materiellen Interessen beraubt zu sehen, besonders da Gurli ihrem Gatten Dinge mitgetheilt hat, welche, im Fall er sich dieselben genauer überlegte, ihn leicht zu Ihrem Feind machen könnten. Es gibt nur ein sicheres Mittel, um den einen Menschen unauflöslich an den andern zu fesseln, und dieses Mittel ist — der eigene Vortheil. Machen Sie den Vortheil meines Sohnes von Ihnen abhängig, und Sie werden stets einen treuen Bundesgenossen an ihm haben."

Madame Teverino's dunkle Augen ruhten auf Beate, wie um zu erforschen, ob das ränkevolle Weib Zweifel in Bezug auf Madame Teverino's gesetzliches Recht auf das Vermögen hegte, in dessen Besitz sie sich jetzt befand.

Beate hatte mit ihrer gewöhnlichen Schlauheit gesprochen und ihre Worte den Schlüssen angepaßt, welche sie Madame Teverino gegenüber gezogen.

„Sie muß einen heimlichen Grund haben, aus welchem sie Gurli fürchtet", hatte Beate gedacht; „sonst würde sie nicht mit solchem Eifer an einer Trennung zwischen ihr und Allon arbeiten. Ich will diesen Umstand benutzen, um mich an Gurli zu rächen und die Vortheile zu gewinnen, welche für Allon aus einer Auflösung seiner Ehe hervorgehen können. Sollte Amy sterben oder Allon ihre Hand nicht schenken wollen, so müssen wir, er und ich, für diese Fälle eines vollkommenen Ersatzes für das versichert sein, was wir durch den Bruch mit Gurli verlieren."

Nachdem Madame Teverino sich Beatens Worte überlegt, entgegnete sie mit feinem Lächeln:

„Sie kommen meinen Vorschlägen entgegen, gnädige Frau. Eben hatte ich die Absicht, Herrn von Stral einen solchen Antrag zu machen; denn ich weiß, daß die Freundschaft, welche den Eigennutz zur Grundlage hat, die beständigste ist. In einigen Tagen werde ich Ihnen daher ein Document überreichen lassen, wodurch Ihr Sohn, sobald er von seiner jetzigen Gattin geschieden ist, von mir ein ebenso großes jährliches Einkommen erhält, als er jetzt von ihr genießt. Vielleicht füge ich auch noch eine Pension für seine in jeder Beziehung so ausgezeichnete Mutter hinzu."

Beate und Madame Teverino sagten einander noch tausend schöne Dinge, dann nahm erstere Abschied.

Einige Tage später wurden Beate die gewünschten Documente übersendet, und diese waren so abgefaßt, daß Allon's Eigennutz ihn unbedingt zu Madame Teverino's eifrigstem Vertheidiger machen mußte.

Man konnte sagen, daß Beate sich und ihren Sohn für ihre niedrige Handlungsweise gegen Gurli buchstäblich bezahlen ließ.

Nachdem die Sache auf diese Weise geordnet war, ließ der königliche Secretär Allon von Stral seine Gattin in der Staatszeitung zur Rückkehr auffordern.

Als dieser Schritt allgemein bekannt ward, erweckte er viel Erstaunen und Misbilligung, weil die beiden Ehegatten erst seit fünf Jahren miteinander vermählt waren.

Man schwatzte in allen Gesellschaftskreisen darüber, und ein jeder stellte seine Vermuthungen auf. Die meisten betrachteten es als etwas Ausgemachtes, daß Allon's Liebe zu Amy Teverino der Grund zur Lösung seiner Ehe sei.

Während man so privatim und öffentlich von Amy als einer Ehestörerin sprach, und sowol sie als Allon verdammte, fuhr Amy fort, von den Aerzten in ihrem

Zimmer gefangen gehalten zu werden, womit sie selbst vollkommen zufrieden zu sein schien.

Sie empfing keine andern Besuche als die der Aerzte, und selbst die Nähe ihrer Mutter war ihr peinlich, wenn diese einmal länger als gewöhnlich bei ihr verweilte.

Die einzige Person, deren Gegenwart ihr nicht beschwerlich fiel, war ein armes, junges Mädchen, welches sie als Vorleserin angenommen. Diese las ihr entweder vor, oder saß still da und arbeitete, wenn Amy es vorzog, ihren kummervollen Gedanken nachzuhängen.

Amy hatte daher keine Kenntniß von dem, was außerhalb ihres Zimmers vorging, und ahnte nicht, daß sie zum Gegenstand des bittersten Tadels gemacht ward.

Allon seinerseits ließ sich von Madame Teverino in fortwährend neue Hoffnungen wiegen, und fand ihre Ansicht, daß er ihre Tochter nicht eher besuchen könne, als bis er von Gurli geschieden wäre, ganz richtig.

Hätte er anders gehandelt, so hätte er den verleumderischen Gerüchten nur noch mehr Nahrung gegeben, und er mußte sich in die Entfernung von Amy fügen, wenn er sie nicht unrettbar compromittiren wollte.

Zwölftes Kapitel.

Ein Monat war vergangen, seitdem Gurli Birgersborg verlassen, als Stephan, der immer noch in Stockholm weilte, in den letzten Tagen des November plötzlich Walter in sein Zimmer treten sah.

Der Mulatte hatte bedeutend gealtert. Das schwarze, glänzende Haar war jetzt graugesprenkelt, und die dunkle Hautfarbe noch dunkler geworden. Das Feuer des Auges und die Beweglichkeit der Glieder waren jedoch noch unvermindert, und man konnte daraus schließen, daß er auch von der Elasticität seiner Seele noch nichts verloren hatte.

„Nun endlich!“ rief Stephan, indem er Walter die Hand drückte. „Schon seit mehreren Wochen erwartete ich Sie. Wie kommt es, daß Sie so lange ausgeblieben sind?“

„Widrige Winde und widrige Umstände sind schuld daran?“ antwortete Walter und ließ seine weißen Zähne sehen, welche trotz des ergrauenden Haares noch ebenso frisch und unversehrt waren wie früher. „Ich habe nun über zwei Jahre lang daran gearbeitet, die Person zu finden, die ich gesucht, bin aber dabei fortwährend auf neue Schwierigkeiten gestoßen. Zuletzt war ich sogar nahe daran, durch Schiffbruch die Vortheile zu verlieren, die ich mit so großer Mühe gewonnen."

„Aber Sie haben sie nicht verloren?"

„Nein, mein Glücksstern rettete dieselben und mich", entgegnete er Platz nehmend, und setzte dann hinzu: „Ehe ich von dem spreche, was ich mitzutheilen habe, müssen Sie mir sagen, wie es mit ihr steht. Ihr letzter Brief enthielt so bedenkliche Dinge, daß er meine Hierherreise beschleunigte und mich besorgt um sie machte, die mir ebenso theuer ist, als ob sie mein eigenes Kind wäre. Sie schrieben, sie sei krank und ihre Ehe unglücklich. Wie steht es jetzt? Ist Gurli wieder gesund, und wie trägt sie ihr Schicksal?"

„Sie ist jetzt vollkommen wieder gesund", antwortete Stephan, „und sie trug ihr Schicksal anfangs, wie ein starkes und edles Weib das Unglück tragen muß. Infolge einer unerklärlichen Laune hat sie plötzlich ihr Benehmen geändert und das Vaterland verlassen, um ihrem eigenen Wunsche gemäß die Ehe mit Allon zu lösen."

„Wirklich? Dann muß sie von ihm tief gekränkt worden sein", entgegnete Walter und sah Stephan forschend ins Gesicht.

Dieser stützte die Hand auf den Kopf und entgegnete:

„Allerdings; gleichwol aber hatte sie einmal beschlossen, das an ihr begangene Unrecht zu verzeihen und zu vergessen, und sich vorgenommen, hinfort für Allon's Zukunft zu wirken und vollkommene Ordnung in ihren gemeinschaftlichen Angelegenheiten herzustellen."

„Und trotz dieser guten Vorsätze ist sie fortgereist?" sagte Walter, indem er den Kopf schüttelte, und setzte dann hinzu: „Entweder hat Gurli's Charakter sich sehr geändert, oder es steckt hier ein Geheimniß dahinter."

„So ist es mir auch schon vorgekommen", bemerkte Stephan."

Er erzählte nun Walter in aller Kürze, was seit dessen Abreise vorgefallen. Einiges davon hatte er ihm schon während seines Verweilens in England mitgetheilt, das Meiste aber damals noch verschwiegen.

Mit über der Brust gekreuzten Armen hörte Walter zu. Als Stephan fertig war, begann der Mulatte, ohne ein Wort zu sagen, im Zimmer auf= und abzugehen. Endlich blieb er stehen und sagte:

„Hier sind Teufelskünste vorgegangen. Ich müßte mich sehr irren, wenn nicht Madame Teverino die Hand mit im Spiel hätte. Ich glaube dieselbe hindurchschimmern zu sehen. Sind Sie, seitdem Gurli fort ist, in Birgersborg gewesen, oder haben Sie sich genauere Kenntniß über die nähern Umstände vor ihrer Abreise zu verschaffen gesucht?“

„Ich habe sowol an den Inspector als auch an den Bürgermeister O. geschrieben. Beide haben von Gurli ihre Instructionen für die Zeit von Gurli's Abwesenheit erhalten. Der Inspector theilte mir mit, daß Gurli denselben Tag, wo sie Birgersborg verlassen, einen Brief von Gothenburg erhalten habe. Nachdem sie denselben gelesen, hatte sie sogleich Befehl zur Abreise gegeben, und das, was sie dabei zu dem Inspector geäußert, bewies, daß sie nicht sobald wiederzukommen gedachte. Ueberdies hat sie an Tante Katharine geschrieben und dieser ihren Entschluß mitgetheilt, sich von Allon zu trennen. Das einzige Sonderbare bei all diesem ist, daß Fischer=Matthes, welcher sich bei Gurli's Abreise eingefunden, und sie nach Gothenburg zu begleiten verlangt, weder in dieser Stadt gesehen worden, noch wieder nach Hause zurückgekehrt ist. Ich habe deswegen Bekanntmachungen in die öffentlichen Blätter einrücken lassen; aber der Mensch ist gleichsam spurlos verschwunden.“

Wieder versank Walter in Gedanken.

„Weiß man, mit was für einem Schiff Gurli von Gothenburg abgereist ist?“ fragte er nach einer Weile.

„Mit einem, welches der Washington hieß und nach Amerika bestimmt war. In dem Briefe an Tante

Katharine führte sie als Grund des Umstandes, daß sie die Reise mit einem Segelschiffe mache, ihren Wunsch an, nicht mit Bekannten zusammentreffen zu wollen."

„Haben Sie den Brief an Frau Oerner selbst gesehen, Herr Districtsrichter?"

„Nein; aber ich hoffe, sie wird ihn mir zeigen, wenn ich zum Neujahr nach Breddal komme. Ich gestehe aufrichtig, daß Gurli's Benehmen das Urtheil, welches ich mir früher über sie gebildet, so vollständig umgestoßen hat, daß es mir widerstrebt hat, daran zu denken, geschweige denn an Tante Katharine deswegen zu schreiben."

Stephan fuhr sich mit der Hand über die Stirn und setzte dann hinzu:

„Ich glaubte, sie hätte ihre Stellung so richtig aufgefaßt, daß sie niemals die erste sein würde, welche auf Lösung des Bandes, welches sie selbst geknüpft, antrüge. Es berührt mich sehr unangenehm, daß ich mich in ihr geirrt habe."

„Ja", bemerkte Walter, „wenn sie aus freiem Antrieb gehandelt hat, dann hat sie wirklich ihren ursprünglichen Charakter verleugnet. Sie gehört durchaus nicht zur Zahl derer, welche sich von Schwierigkeiten zurückschrecken lassen, wenn sie ein bestimmtes Ziel erreichen wollen. Meine Meinung ist daher, daß sie hier in ihrem Thun und Lassen nicht frei gewesen ist."

„Aber wer hätte sie zwingen sollen? Allon hatte ja schon mehrere Wochen vorher Birgersborg verlassen, um seinen Dienst anzutreten."

„Wissen Sie vielleicht, wie die beiden Ehegatten sich getrennt haben, als er nach Stockholm reiste?"

„Nein, das weiß ich nicht; denn das einzige mal, wo ich Gurli nach Allon's Abreise sah, vermied sie, davon zu sprechen. Später begab ich mich hierher, um Sie, lieber Walter, hier zu erwarten und Allon zu beobachten."

„Nun, und wie befindet er sich? Ist das Verhältniß zu den Teverinos wieder in Gang gekommen?"

„Mit der Tochter nicht, denn diese ist krank; wohl aber mit der Mutter, die ihn einigemal in ihrem Hause empfangen, und überdies häufige Unterredungen mit ihm bei seiner Mutter gehabt hat."

„Wissen Sie, ob Madame Teverino seit Allon's Ankunft in der Hauptstadt hier gewesen ist?" fragte Walter mit nachdenklicher Miene.

„Mit Ausnahme einer Woche, wo sie in Geschäftsangelegenheiten einen kurzen Besuch in Erikstorp machte, ist sie während der ganzen Zeit hier gewesen."

„War sie in Erikstorp, ehe Gurli ihre Reise antrat, oder nachher?"

„Ehe dies geschah. Aber wo wollen Sie mit diesen Fragen hinaus?" fragte Stephan, indem er den Mulatten ansah. Der Ausdruck seines Gesichts verrieth, daß er Walter's Gedankengang zu ahnen begann.

„Ich wünsche, die Ueberzeugung zu erlangen, daß ich mich in meiner Vermuthung, Madame Teverino habe bei Gurli's Entfernung die Hand mit im Spiel gehabt, nicht geirrt habe. Nun besitze ich diese Gewißheit. Ich reise sofort von hier zu Frau Oerner, nach Birgersborg und zum Bürgermeister O., um Kenntniß von den Schriften zu nehmen, welche dieser von Gurli erhalten, und dann weitere Nachforschungen anzustellen. Der Proceß gegen Madame Teverino mag ruhen, bis es mir gelungen ist, mich zu vergewissern, ob Gurli aus freiem Entschluß verreist, oder ob sie entführt worden ist."

„Entführt!" rief Stephan und sprang auf.

Die beiden Männer sahen einander einen Augenblick lang an, dann sagte Walter langsam:

„Kommt Ihnen dies sonderbarer vor, als daß man mir eine Schlinge zu legen wußte, als ich nahe daran war, die Spur zu finden, die ich suchte? Merken Sie wohl, Madame Teverino weiß, daß sie durch einen Betrug in Besitz der Falkenstern'schen Reichthümer gelangt ist. Sie weiß, daß sie den Trauschein und das Taufzeugniß aus Gurli's Gewahrsam gestohlen, und sie wird stets fürchten, daß der Zufall Gurli Beweise in die Hände liefert, durch welche dargethan wird, daß Madame Teverino nicht Bengt Falkenstern's Tochter ist."

„Diese Beweise besitzen Sie ja, Walter", fiel Stephan ein.

„Allerdings glaube ich deren genug gesammelt zu haben, um einen Proceß gegen Madame Teverino anfangen zu können, obschon ich auch nicht so glücklich gewesen bin, den rechten Erben zu finden. Die Sache möge aber ruhen, bis ich Gurli wiedergesehen habe. Haben Madame Teverino, Frau Beate und Allon die Scheidung verabredet — letzterer, damit er in den Besitz des ganzen Vermögens komme —, so will ich warten, bis er wirklich von Gurli geschieden ist, ehe ich auftrete, um Madame Teverino in eine Bettlerin zu verwandeln, und die habsüchtigen Plane Beatens und ihres Sohnes noch einmal zu vereiteln. Leben Sie wohl, ich reise unverweilt nach Birgersborg."

Dreizehntes Kapitel.

Am Tage nach dieser Unterredung zwischen Stephan und Walter wollen wir einen Besuch bei Amy machen.

Kalt und bleich fielen einige matte Strahlen der Novembersonne durch die Fenster des Salon der ehemaligen Sängerin, während sie, umgeben von dem Luxus, welcher dem Reichthum zu Gebote steht, in einen Armstuhl zurückgelehnt saß.

In einer kleinen Entfernung von ihr hatte die Vorleserin ihren Platz. Sie las ein Werk von Lord Byron.

Aufmerksam lauschte Amy den Worten des großen Dichters. Ihre schwarzen Augen erschienen noch größer und schwärzer, und der hellrothe Schimmer auf ihren dunkeln Wangen verlieh ihnen erhöhten Glanz.

Sie war in diesem Augenblick wirklich schön.

Während sie mit gespannter Aufmerksamkeit zuhörte, ward plötzlich die Thür heftig aufgerissen und Madame Teverino trat ein. Sie rief auf italienisch:

„Schicke das Mädchen fort; ich muß mit dir sprechen.“

Amy ersuchte die Vorleserin in das Nebencabinet zu gehen.

Als Mutter und Tochter miteinander allein waren, warf erstere sich auf einen Stuhl und murmelte ängstlich:

„Walter Yactes ist wieder da! Die Nähe dieses Mannes wird uns Unglück bringen.“

Sie schwieg.

Die hellrothe Farbe auf Amy's Wangen verwandelte sich in Purpur, und sie richtete sich aus ihrer zurückgelehnten Stellung empor.

„Warum fürchtest du ihn, Mutter?“ fragte sie.

„Weil er mich des Vermögens berauben wird, welches ich jetzt besitze, und in dessen Besitz ich nach so langjähriger Mühe gekommen bin.“

„Und auf welches du niemals ein Recht hattest“, fiel Amy ein, indem sie sich vollends erhob. „Du bist nicht Falkenstern's Tochter; du hast, indem du dich dafür ausgabst, mich ebenso betrogen wie die ganze Welt. Du bist durch einen Diebstahl in Besitz der Papiere gelangt, von welchen du mir sagtest, sie seien auf Birgersborg versteckt gewesen. O Mutter, Mutter, wie konntest du so gegen deine Tochter handeln! Der Verdacht, daß du eine Betrügerin bist, die sich auf unredliche Weise in den Besitz dieses Goldes gesetzt, hat mich an den Rand des Grabes gebracht, und die Gewißheit wird mich tödten. War ich denn nicht schon vorher unglücklich genug?“ setzte sie leidenschaftlich hinzu; „mußtest du mir auch noch diesen Schmerz zufügen? Litt ich nicht schon genug durch unerwiderte Liebe, ohne daß meine Mutter zur Erlangung eines Reichthums, den ich verachte, sich meine unglückliche Neigung zu Nutzen machte, um ihre Tochter als Werkzeug zur Ausführung ihrer eigennützigen Absichten zu gebrauchen? Wenn du wieder verlierst, was nicht dein ist, wenn du gebrandmarkt wirst, so sterbe ich vor Scham; und ist es dir auch vergönnt, die Frucht deines Betrugs ungestört zu genießen, so wird dennoch das Bewußtsein des begangenen Unrechts an meinem Leben nagen, und alle Gewissensruhe aus meinem Herzen scheuchen. Dann wirst du allein stehen mit deinem Gold, mit der Reue über die Art und Weise, auf welche du dazu gelangt, und mit der bittern Erinnerung, daß dein Verbrechen deine Tochter in ein vorzeitiges Grab gestürzt hat."

Amy sank wieder in ihren Stuhl zurück. Madame Teverino hatte sich von dem ihrigen erhoben, und warf sich bei den letzten Worten ihrer Tochter derselben zu Füßen, indem sie rief:

„Kind, Kind! Hast du kein Erbarmen mit deiner Mutter, welche dich so geliebt, daß —"

„Daß sie mich getödtet", fiel Amy ein. „Nein, meine Brust empfindet kein Mitleid mit ihr, welche die bösen Geister in mir gereizt und mich vor meinem eigenen Gewissen und den Augen des Mannes, den ich liebe, verächtlich gemacht hat. O, wie viel Böses hast du dadurch begangen, daß du meine Eifersucht angefacht hast! Jetzt hat der Tod schon seine Hand auf mein Herz gelegt. Ehe ein Jahr vergeht, bin ich nicht mehr, und du wirst mit allen diesen Millionen mein Leben nicht zurückkaufen."

Madame Teverino schlang ihre Arme um ihre Tochter, diese aber stieß sie von sich und fuhr fort:

„Gib ihr, welche du bestohlen, das Gold zurück, welches mir das Leben kostet, und ich werde dir verzeihen und dich segnen."

„Nimmermehr!" rief Madame Teverino und erhob sich. „Hat dieses Gold, welches ich blos um deinetwillen besitzen wollte, mich des Theuersten beraubt, was ich im Leben habe, so mag man es mir nehmen, wenn man kann; aber ich werde das Besitzrecht darauf vertheidigen bis aufs äußerste."

„Eine Ahnung sagt mir, daß du dessenungeachtet den Schatz verlieren wirst."

Amy zog die Klingel. Die Vorleserin trat wieder ein, und Madame Teverino entfernte sich.

Die Gemüthsstimmung dieser letztern ward nach einigen Tagen wieder ruhiger, weil ihr berichtet ward, daß Walter wieder abgereist sei. Sie begann sogar bald sich ganz sicher zu fühlen, als sie von Grönlund die Mittheilung erhielt, Walter sei dort angekommen, aber kurz darauf an einem schweren rheumatischen Fieber erkrankt, und läge, unfähig zu denken oder zu handeln, bei Tante Katharine.

Inzwischen verging der Winter, ohne daß Madame Teverino etwas hörte, was ihr Grund zur Unruhe gegeben hätte.

Walter ward durch seine langwierige Krankheit ans Bett gefesselt.

Madame Teverino wußte, daß Stephan kurz nach Walter's Reise zu Tante Katharine Stockholm verlassen und sich nach Breddal begeben hatte. Da sie aber auch von ihm nichts hörte, so war sie zufrieden, besonders da eine Woche nach der andern und ein Monat nach dem andern verging, ohne daß ihr von ihrem Bundesgenossen Grönlund etwas Beunruhigendes gemeldet ward.

Sie bereute nun, daß sie in ihrem ersten Schrecken über Walter's Ankunft in Stockholm ihrer Tochter die Furcht zu erkennen gegeben, welche der Mulatte ihr einjagte.

„Besäße Walter einen Beweis gegen mich“, dachte sie, „so hätte er nicht soviel Zeit vergehen lassen, ohne denselben geltend zu machen. Er würde dann den abscheulichen Stephan Brun beauftragt haben, den Angriff zu beginnen. Sicherlich hat Gurli's Entfernung die Wirkung gehabt, daß man sich still verhält, und ihre Rückkunft abwartet, ehe man gegen mich intriguirt. Dann aber kann ich ruhig sein, denn sie wird nicht so schnell wiederkommen. Wäre ich nicht von dem entsetzlichen Unglück bedroht, Amy zu verlieren, so könnte ich zufrieden sein.“

Der Frühling kam.

Madame Teverino wünschte eine Reise nach dem Süden zu unternehmen; aber Amy setzte sich dagegen. Sie wollte Schweden nicht verlassen, sondern lieber den Sommer auf dem Lande in der Nähe von Stockholm am Mälarsee zubringen.

Am letzten Tage des Mai verließen sie demgemäß die Hauptstadt.

Den Tag darauf erhielt Madame Teverino einen Brief von Grönlund, worin dieser ihr meldete, Walter sei nun auf dem Wege der Besserung, könne aber gleichwol noch nicht gehen, sondern müsse sich an die freie Luft tragen lassen.

Ueberdies erzählte Grönlund, Stephan habe in den letzten Tagen des Februar eiligst den Ort verlassen, ohne daß Grönlund mehrere Wochen lang habe ermitteln können, wohin er sich begeben. Jetzt jedoch habe er erfahren, daß Stephan nach England gereist sei. Der Brief schloß mit den Worten:

„Ich fürchte, daß der listige Mulatte und der ebenso listige Stephan angefangen haben, zu argwohnen, daß Gurli ihre Reise ins Ausland nicht ganz freiwillig unternommen habe. Man hat sich hier ganz genau nach allen nähern Umständen ihrer Abreise erkundigt. Lotta, welche uns früher so eifrig beigestanden, hat Birgersborg verlassen, und dies beunruhigt mich ein wenig. Es ist mir nicht gelungen, zu ermitteln, wohin sie sich begeben; wohl aber, daß sie vor ihrer Entfernung nach Breddal und von da weiter gefahren ist.

„Stephan soll den Tag vorher eine längere Unterredung mit ihr gehabt haben. Allerdings weiß sie nichts; aber man kann nicht berechnen, zu welchem Argwohn ihre Worte Anlaß geben können. Dennoch vermuthe ich, daß man Gurli's Spur nicht ausfindig machen wird, und ich bitte Sie, sich hierüber Gewißheit zu verschaffen. Unser aller Interesse verlangt, daß Gurli nie wieder zum Vorschein komme.“

Madame Teverino's in der letztern Zeit ein wenig eingeschlummerte Unruhe ward nun plötzlich wieder erweckt, und der Sommer verging für sie unter ewiger Angst. Nimmt man hierzu, daß die Besserung, welche, nachdem sie ihren Aufenthalt auf dem Lande genommen, in Amy's Gesundheit eingetreten zu sein schien, beim Herannahen des Herbstes sich trügerisch erwies, so begreift man leicht, daß Madame Teverino mit all ihrem Reichthum nichts weniger als glücklich war.

Mit Ungeduld erwartete sie inzwischen den Ablauf der einjährigen Frist nach Erlaß der ersten Bekanntmachung, durch welche Gurli zur Rückkehr aufgefordert ward.

Endlich war der Herbst da, und es war nun ein Jahr vergangen, seitdem Gurli so unerwartet Birgersborg verlassen hatte.

Stephan, der im Auslande gewesen, war zurückgekehrt, und Walter, welcher während der warmen Jahreszeit seine Gesundheit vollständig wiedererlangt, blieb ganz still bei Tante Katharine.

Es schien daher wirklich, als ob Madame Teverino im ungestörten Besitz ihres Reichthums bleiben sollte.

In demselben Grade wie ihre Befürchtungen in Bezug auf Walter und Stephan sich verminderten, wurden sie in Bezug auf Amy, die immer schwächer ward, mit jedem Tage größer.

Dennoch wollte sie dem Gedanken an einen baldigen Tod ihrer Tochter in ihrer Seele nicht Raum geben, sondern suchte im Gegentheil durch falsche Hoffnungen die furchtbare Wirklichkeit, die ihr entgegengrinste, fern zu halten.

So war die Stellung der reichen Frau, als Allon's und Gurli's Ehe durch die zustehende Behörde für gesetzlich gelöst erklärt ward.

Am Tage nach dem, wo Allon seine Freiheit wieder erlangt, ließ Stephan sich bei Madame Teverino melden.

Er kam, um ihr mitzutheilen, daß Walter vollständig gerüstet und bereit sei, gegen sie einen Proceß anhängig zu machen und den Beweis zu führen, daß sie durchaus nicht die Person sei, für welche sie sich ausgäbe, sondern ganz einfach eine kecke Abenteuererin, welche durch allerhand Schliche in den Besitz der Papiere gekommen sei, durch welche sie ihre Ansprüche auf das Falkenstern'sche Vermögen geltend gemacht habe.

Stephan stellte ihr die Wahl, entweder freiwillig und ohne öffentlichen Skandal diesem Reichthum zu entsagen, oder durch das Gesetz desselben verlustig erklärt und obendrein für den verübten Betrug bestraft zu werden.

Er setzte sie hierauf in nähere Kenntniß von den Beweisen, welche Walter gegen sie hatte.

Madame Teverino hörte ihn mit mehr Fassung an, als man von ihr erwartet hätte, und es schien, als ob seine Worte keine Wirkung auf sie äußerten.

„Solange nicht eine andere Person auftreten und beweisen kann, daß sie Falkenstern's Tochter ist, werden Sie entschuldigen, wenn ich mich als dieselbe betrachte", entgegnete sie.

„Auch wenn Walter durch Zeugen darthun kann, daß Sie den Trauschein und das Taufzeugniß aus Gurli Falkenstern's Gewahrsam gestohlen haben?" fiel Stephan ein. „Lotta, Gurli's Kammerjungfer, kann beschwören, daß sie gesehen, wie Sie zwei in ein Medaillon eingeschlossene Papiere aus Gurli's Secretär genommen haben."

„Ein Zeuge ist nicht genug", entgegnete Madame Teverino, „und übrigens, wer kann beweisen, daß die Papiere, die ich genommen, der Trauschein und das Taufzeugniß waren?"

„Es mag sein, daß es Ihnen gelingt, Lotta's Aussage zu entkräften; aber glauben Sie, daß Ihnen dies auch mit Esther gelingen werde?"

Bei diesem Namen zuckte Madame Teverino zusammen,

ihre Augen funkelten, sie trat Stephan einen Schritt näher und rief:

„Esther ist todt!“

„Sie wissen ebenso gut als ich, daß dies nicht der Fall ist, obschon Sie hofften, daß die Spur dieser Unglücklichen niemals ausfindig gemacht werden würde. Sie haben sich aber geirrt, Madame. Der Zufall oder ein rächendes Schicksal wollte, daß Gurli Falkenstern die Befreierin der unglücklichen Esther würde. Wird ein Proceß gegen Sie anhängig gemacht, dann sind Sie und Ihr würdiger Bundesgenosse Grönlund verloren. Dieser letztere wird allerdings, um soviel als möglich die eigene Haut zu retten, kein Bedenken tragen, Sie vollständig zu verrathen, besonders da Gurli und Esther sich hier befinden und beide gegen Sie auftreten und zeugen können.“

Die Italienerin begann an allen Gliedern zu zittern. Es war, als ob sie vor dem Gemälde zurückschauderte, welches die Zukunft ihr vorhielt, dafern alles, was sie begangen, an den Tag kam.

Stephan bemerkte den Eindruck, den seine letzten Worte hervorgerufen, und fuhr fort:

„Sie haben vierundzwanzig Stunden Bedenkzeit. Sind Sie dann nicht bereit, dem zu entsagen, was nicht Ihnen gehört, so mache ich, als Walter's Anwalt, übermorgen einen Proceß gegen Sie anhängig, der damit endet, daß Esther endlich in den Besitz dessen gelangt, was ihr mit Recht gehört. Ueberdies beabsichtige ich, Sie auch deswegen zur gerichtlichen Verantwortung zu ziehen, daß Sie meine Cousine Gurli mit List haben entführen und dann gefangen halten lassen.“

Stephan sah auf seine Uhr und setzte dann hinzu:

„Ich gebe Ihnen also vierundzwanzig Stunden Bedenkzeit und die Wahl zwischen öffentlichem Skandal nebst gesetzlicher Strafe, oder Verschonung mit all diesem.“

Stephan entfernte sich, und Madame Teverino sank auf einen Stuhl nieder.

Es war ihr, als müßte sie zu Boden sinken. Ihre so lange genährten Befürchtungen waren also doch noch in Erfüllung gegangen. Sie glaubte am Rande eines Abgrunds zu stehen, aus dessen Tiefe ihr alle ihre Verbrechen entgegenstarrten.

Noch war Esther nicht gegen sie aufgetreten, noch hatte sie vierundzwanzig Stunden. Wie, wenn sie nun floh und so viel Gold mitnahm, daß sie für die Zukunft gedeckt war? Aber konnte sie wol mit Amy fliehen, welche fast im Sterben lag? Oder sollte sie dieselbe hülflos allein zurücklassen? Unmöglich!

Nachdem sie mehrere Stunden lang einen furchtbaren Kampf mit ihrem von Furcht, Verzweiflung und Wuth erfüllten Innern bestanden, beschloß sie, zu Amy zu gehen.

Was sie bei dieser wollte, wußte sie selbst nicht. Sie empfand blos einen unwiderstehlichen Wunsch, dieses Kind zu sehen, um dessentwillen sie reich hatte werden wollen.

„Ich will diese theuern Züge betrachten und dann — dann meinen Entschluß fassen", dachte sie. „Ehe ich sie arm sehe, will ich lieber bis aufs äußerste um dieses Gold kämpfen."

So bei sich denkend, lenkte sie ihre Schritte nach dem Zimmer der Tochter.

Amy saß in einem großen, tiefen Lehnstuhl, mit dem Rücken nach der Thür gewendet, durch welche ihre Mutter eintrat. Vor ihr stand eine alte Mulattin, auf deren Gesicht alle möglichen, menschlichen Leiden ihre Spuren zurückgelassen zu haben schienen. Ihr Blick ruhte mit sanftem, bekümmertem Ausdruck auf Amy, während sie mit zitternder Stimme auf englisch sagte:

„Du hast mich also nicht vergessen? Du entsinnst dich noch meiner, die ich deine Kindheit gepflegt, die ich dich und deine Mutter geliebt, von welcher letztern ich zum Lohn für meine Liebe so grausam betrogen ward."

„Sie hat dich betrogen!“ rief Amy und ergriff die Hände der alten Mulattin. „O sag', was meinst du?“

Amy's Gesicht hatte den Ausdruck der größten Angst.

„Beruhigen Sie sich, Amy“, fiel Stephan ein, welcher in einiger Entfernung davonstand und jetzt vortrat. „Sagen Sie mir, ob Sie wissen, wer diese Frau ist?“

„Ob ich es weiß!“ rief Amy und drückte die Hände der Mulattin an ihre Lippen. „Sie ist meine Großmutter, so hat man mir gesagt, ebenso wie daß sie todt sei.“

„Nein, Amy, sie ist nicht Ihre Großmutter, sie ist Esther Falkenstern, die rechtmäßige Erbin des Vermögens, welches Ihre Mutter durch Betrug an sich gebracht.“

Amy ließ die Hände der Alten los und sank in ihren Stuhl zurück. Ein tiefer Seufzer des Schmerzes entrang sich ihr.

In diesem Augenblick stürzte Madame Teverino auf ihre Tochter zu, welche bleich, kalt und ohne Lebenszeichen dalag.

„Sie haben sie getödtet!“ rief die verzweifelnde Mutter, und umschlang ihre Tochter, welche sich nach einer Weile wieder erholte.

Der Auftritt, welcher nun folgte, war im höchsten Grade erschütternd.

Als Amy wieder zur Besinnung kam, stieß sie ihre Mutter mit dem Ausdruck des Entsetzens von sich und sagte:

„Du hast mich also in allem betrogen! Dies war also nicht deine Mutter; jene Papiere, welche sie dir, wie du sagtest, hinterlassen, hattest du gestohlen und mit denselben diesen ganzen Reichthum!“

Amy packte ihre Mutter heftig am Arme und setzte hinzu:

„Warum sagtest du, sie sei todt! Durch welche niedrige Intrigue hattest du die Arme beiseite geschafft, sodaß du ihren Platz einnehmen konntest? Sprich, wenn du nicht willst, daß ich den Augenblick verfluche, wo du mir das Leben gabst."

Madame Teverino sank, von den Worten ihrer Tochter in der empfindlichsten Stelle ihres Herzens verwundet, und durch Esther's Anblick vollständig niedergeschmettert, vor ihrer Tochter auf die Knie nieder, und stammelte mit keuchender Stimme:

„Ich will dir alles sagen, nur stoße mich nicht von dir, nur wende deine Augen nicht von mir hinweg! Zu dem Bösen, welches ich gethan, hat nur meine Liebe zu dir mich verleitet. Du wirst mich, die ich dich mehr geliebt als den Frieden meiner Seele, nicht verstoßen, du wirst mir nicht fluchen."

„Was ich thun werde, weiß ich nicht", sagte Amy düster; „wohl aber weiß ich, daß ich nun die Wahrheit erfahren muß, dann will ich versuchen zu verzeihen, wenn es mir möglich ist."

Sie reichte Esther die Hand und setzte hinzu:

„Und du, du sollst ihre Beichte hören und sagen, ob dieselbe wahr ist. Vielleicht kannst auch du ihr dann verzeihen."

„Dies habe ich schon gethan. Als Gott mir mein Kind wiedergab, war alles vergeben und vergessen", antwortete Esther.

Stephan zog sich zurück, um unbemerkt das Zimmer zu verlassen; Madame Teverino aber erhob sich rasch und sagte zu ihm gewendet:

„Bleiben Sie. Sie haben gesiegt, denn Sie haben mir alles geraubt, sogar die Kraft, das zu vertheidigen, was ich besitze. Keinem andern als Ihnen wäre es gelungen, Gurli zurückzubringen oder mir diese Zeugin" — hier deutete sie auf Esther — „vorzuführen, daß ich nicht Falkenstern's Tochter bin. Sie können daher das Bekenntniß, welches meine Tochter von mir verlangt, mit anhören."

Es lag in dem Blick und in den Geberden, womit dies gesagt ward, etwas Wildes und Stolzes.

Amy lehnte ihre bleiche Stirn an die Lehne des Stuhls, während sie die Hand nach Esther ausstreckte, und diese neben sich auf ein kleines Sofa niederzog.

Es trat eine Pause ein, welche mehrere Minuten dauerte.

Madame Teverino hatte sich ihrer Tochter gegenüber gesetzt. Sie stützte den Kopf auf die Hand und betrachtete eine lange Weile schweigend bald Amy, bald Esther, mit Blicken von ganz verschiedenem Ausdruck.

Dann begann sie:

„Meine Mutter hieß Nanny und war die Tochter einer Negerin und eines Mulatten, beide Sklaven von Bengt Falkenstern . . . .“

Wir übergehen jetzt Madame Teverino's Erzählung, weil wir später einen vollständigern Bericht durch den Zusammenhang erhalten werden, welcher zwischen ihren und Esther's Lebensschicksalen bestand.

Die Schatten des Abends lagen über die Erde ausgebreitet, als Madame Teverino schwieg. Der bleiche Schein der Lampe fiel auf die Gesichter ihrer Zuhörer.

Esther saß finster und unbeweglich da, und ließ ihre Augen auf der Erzählerin ruhen, als ob sie beim Anhören dessen, was diese berichtete, noch einmal alle die bestandenen Leiden durchlebte.

Stephan's Gesicht war bleich. Sein Blut ward wie Eis bei der Schilderung der Undankbarkeit und moralischen Grausamkeit, deren Madame Teverino sich schuldig gemacht.

Amy war zusammengesunken und weinte aus der Tiefe ihres gequälten Herzens.

Madame Teverino saß eine Weile stumm da und betrachtete ihre Tochter. Dann rief sie angstvoll, indem sie die Hände der Tochter ergriff und vom Gesicht derselben hinwegzog:

„Amy, du weinst! Du wirst also verzeihen. Du kannst nicht eine Mutter verstoßen, welche dich so innig geliebt wie ich, auch wenn mein Leben durch Verbrechen befleckt ist."

Amy vermochte nicht zu antworten. Sie lehnte ihr Haupt an die Schulter der Mutter, und ihre Thränen fielen auf deren Hände.

Stephan näherte sich den beiden.

„Amy weiß selbst, auf welche Abwege unsere Leidenschaften uns führen können", sagte er, „und deshalb wird sie ganz gewiß bedenken, daß dem, der viel geliebt hat, auch viel verziehen werden soll."

„Nicht mich sollst du um Verzeihung bitten, meine Mutter", stammelte Amy, „sondern diese hier, diese arme Unglückliche, welche du zum Opfer gemacht."

Amy zeigte auf Esther.

Madame Teverino verhielt sich unbeweglich. Ihr Blick war haßerfüllt und düster.

„Ich kann nicht sie um Vergebung bitten, welche dich zur Bettlerin macht. Wir, sie und ich, sind nun quitt. Hab' ich mich an ihr vergangen, so beraubt sie nun dafür dich deines ganzen Reichthums. Mein Schmerz, als arme, verachtete Sünderin vor meinem Kind zu stehen, ist größer als der ihrige gewesen ist."

„Du kannst nicht um Verzeihung bitten!" rief Amy, indem sie sich mit Anstrengung erhob und bitterlich lächelte. „Wohlan, dann kann ich es an deiner Stelle thun."

Amy sank zu Esther's Füßen nieder. Diese dagegen sah aus, als ob sie nicht recht verstanden hätte, was gefolgt war, nachdem Madame Teverino ihre Beichte beendet hatte — so versunken war sie in die Erinnerung an die Vergangenheit.

„Kannst du meiner Mutter verzeihen?" flüsterte Amy und bedeckte Esther's Hände mit Küssen.

Esther zuckte zusammen, sah die Bittende eine Weile an, bückte sich dann, um sie aufzuheben, und versicherte ihr, es sei alles verziehen. Sie streichelte mit ihrer knotigen Hand Amy's schwarzes Haar und setzte hinzu:

„Du bist und bleibst stets meine Amy. Um deinetwillen ist alles vergessen.“

Amy's einzige Antwort war ein Hustenanfall, auf welchen ein so heftiger Blutsturz folgte, daß sie ins Bett getragen werden mußte. Der Arzt ward herbeigeholt, konnte aber nichts thun.

Amy verließ das Bett, welches sie an diesem Abend einnahm, nicht wieder.

Zwei Wochen später stand Madame Teverino am Sarge ihrer Tochter, und nach abermals zwei Wochen hatte das verbrecherische Weib Schweden verlassen.

Esther war als Falkenstern's Witwe und Mutter seiner einzigen Tochter gesetzlich als die rechte Erbin seines ganzen nachgelassenen Vermögens anerkannt.

Sie setzte dem bösen Genius ihres Lebens, Madame Teverino, ein Jahrgeld aus, und rächte sich auf diese Weise für ausgestandene Leiden durch eine Wohlthat.

Vierzehntes Kapitel.

Zwei Jahre waren nach den in dem letzten Kapitel erzählten Ereignissen verflossen. Es war wieder Frühling.

Der Pfingstabend war gekommen.

Auf der Freitreppe von Birgersborg stand Tante Katharine mit den Händen in den Schürzentaschen, und lugte nach der Allee hinaus, von welcher her ein Reisewagen sich zu nähern schien.

„Endlich ist das gute Kind wieder da, und zwar nach so vielen Drangsalen. Gott sei Lob und Dank, daß man nun die Physiognomie des elenden Sohnes der scheinheiligen Beate nicht mehr zu sehen braucht", murmelte Tante Katharine bei sich selbst.

Der Wagen fuhr in den Hof hinein und machte an der Treppe halt.

In dem Wagen saß Gurli und an ihrer Seite eine alte Bekannte, Elisabeth Stewart, in tiefer Trauerkleidung. Ihnen gegenüber hatte Walter Platz genommen.

Gurli sprang aus dem Wagen und begrüßte Tante Katharine mit ihrer ganzen frühern Lebhaftigkeit. Ihr Gesicht hatte gleichwol nicht mehr denselben launenhaften und übermüthigen Ausdruck wie früher, und obschon die Wangen ihre frische Farbe und das Auge sein früheres Feuer wiedererlangt hatte, so lag doch in ihrer ganzen Erscheinung eine Ruhe und ein Ernst, welcher früher nicht darin zu sehen gewesen.

Man sah, daß Gurli's Seele sich höher entwickelt hatte, und dies lieh ihrem Antlitz einen größern Reiz, als dies von der ersten Jugendschönheit geschehen war.

Von ihrem Gatten geschieden, trug sie nicht mehr seinen Namen, sondern ihren eigenen, was Tante Katharine sehr angenehm zu sein schien; denn es war ihr stets im höchsten Grad ärgerlich gewesen, daß Gurli jemals den verhaßten Namen von Stral getragen.

Nachdem Tante Katharine Gurli's Umarmung erwidert, wendete letztere sich zu Elisabeth, ergriff diese bei der Hand und sagte lächelnd:

„Du erlaubst wol, Tante, daß ich dir diese Dame vorstelle?"

„Was das für Kindereien sind! Als ob ich Elisabeth Stewart nicht wiedererkennte! Ich bin wol alt geworden, liebes Kind, aber habe deswegen das Gedächtniß nicht in so hohem Grade verloren, daß ich meine alten Bekannten vergessen hätte."

„Du irrst dich aber doch, Tante, denn dies ist durchaus nicht Miß Stewart", entgegnete Gurli. „Du siehst hier vielmehr Elisabeth Falkenstern vor dir, Bengt's einzige Tochter und die rechte Eigenthümerin aller seiner Schätze."

Tante Katharine war nahe daran, vor Bestürzung zur Erde niederzusinken. Sie stierte bald die eine, bald die andere an, und kam endlich auf den Gedanken, daß Gurli entweder ein wenig übergeschnappt sei, oder sich einen Scherz mit ihr erlaube.

Walter lächelte über Tante Katharinens Erstaunen und setzte hinzu:

‚Zugleich erlaube ich mir, Ihnen hier in meiner

eigenen werthen Person Fräulein Elisabeth Falkenstern's Onkel vorzustellen. Was sagen Sie dazu, Tante?"

„Ich muß sagen, es kommt mir vor, als wäret ihr alle zusammen von Sinnen, oder wolltet mich zum besten haben, was ich aber höchst unpassend finde. Wie kann Elisabeth Stewart Bengt's Tochter sein, und wie kann Er, lieber Walter, mir weismachen wollen, daß Er mit seiner schwarzen, garstigen Haut eine Nichte haben könne, welche aussieht wie andere ehrliche Leute? Dieser Scherz ist ein sehr übel gewählter, das muß ich sagen."

Tante Katharine ließ, indem sie dies sagte, ihre Daumen einen rasend schnellen Zirkeltanz ausführen.

„Es ist durchaus kein Scherz, liebe Tante", fiel Gurli in ernstem Tone ein; „es ist kein Scherz, sondern Wahrheit. Du weißt doch, Tante, daß Falkenstern's erste Frau und deren Tochter zum Vorschein kamen, und daß sie das große Vermögen in Besitz nahmen, welches Madame Teverino sich erschwindelt hatte. Wohlan, Esther Falkenstern starb vor sechs Monaten, nachdem sie das Glück genossen, von ihrer Tochter gepflegt zu werden. Diese Tochter, beste Tante, ist Elisabeth. Wenn wir zu Mittag gespeist haben, wird Walter dir die sonderbare Geschichte in ihrem ganzen Zusammenhange erzählen. Jetzt müssen wir uns vom Reisestaube säubern und dann unsern Hunger stillen. Ich sehe, daß die gedeckte Tafel bereits auf uns wartet."

Gurli und Elisabeth eilten die Treppen hinauf, und überließen Tante Katharine ihrem Erstaunen.

Das Mittagsmahl war vorüber. Der Kaffee war getrunken und unten im Pavillon saßen Tante Katharine, Elisabeth, Gurli und Walter. Letzterer nahm das Wort und richtete dasselbe zunächst an Gurli.

„Ich erzählte Ihnen früher einmal etwas von Bengt und Gunnar Falkenstern. Was ich damals sagte, war in allem, was mich und meine Schwester betraf, wahr; dagegen aber unwahr insoweit es meine beiden Cousins betraf, welche ich, um das Geheimniß meines Herrn nicht zu verrathen, verwechselte.

„Der Sohn des alten Plantagenbesitzers hieß Bengt, sein Neffe, der Bruder von Beate und Mathilde, Gunnar.

„Ich sagte, meine Mutter, meine Schwester und ich wären Gunnar's Eigenthum gewesen; aber ich sprach die Unwahrheit. Wir gehörten vielmehr Bengt, und Gunnar war es, der mich diesem abkaufte. Bei Bengt verweilte meine Schwester Esther, und aus seinem Hause verschwand sie.

„Dies zur Berichtigung dessen, was ich früher mitgetheilt. Nun zu Bengt Falkenstern.

„Sie wissen, daß er von seinem Vater die Verwaltung einer Plantage übertragen hielt, auf welcher er der Befehlende war.

„Kurz nach der Zeit, wo meine Schwester von der Plantage verschwand, entstand zwischen Bengt und seinem Vater eine Mishelligkeit, deren Ursache man nicht kannte. Man wußte blos, daß dieselbe während des Jahres entstanden war, wo der Sohn sich auf Reisen befunden hatte.

„Als Bengt nach zweijähriger Abwesenheit wiederkam und die Plantage besuchte, welche die seinige genannt ward, hielt er sich hier nur kurze Zeit auf und reiste dann abermals ab.

„So vergingen zwei Jahre, als er während eines seiner Besuche auf der Plantage einen Brief von seinem Vater erhielt, worin dieser ihm mittheilte, er sei schon seit einiger Zeit krank und wünsche, daß sein Sohn ihn besuche.

„Bengt beschloß, diesem Rufe unverzüglich zu folgen; ehe er die Reise zu seinem Vater aber antrat, machte er eine kürzere, und kam von dieser zurück, indem er gleich eine junge Frau, eine Dienerin und ein etwa Jahr altes Kind mitbrachte.

„Diese drei Personen vertraute er der Obhut des

ersten Plantagenaufsehers, Namens James, an, und machte ihn mit seinem eigenen Leben für dieselben verantwortlich. Hierauf machte er sich auf den Weg nach dem Wohnsitz seines Vaters, der sich in einem der südlichsten Sklavenstaaten befand.

„Unterwegs traf er mit Gunnar zusammen, welcher ebenfalls zu dem Kranken gerufen worden.

„Als die beiden Cousins ankamen, fanden sie Bengt's Vater schon in den letzten Zügen. Sein Sohn hatte daher eben nur Zeit, Verzeihung für den von ihm begangenen Fehltritt und einige Worte in Bezug auf den letzten Willen des Sterbenden zu empfangen.

„Gleich nach seines Vaters Tode machte er sich auf den Rückweg nach Hause, um den Verkauf der Plantage, welchen sein Vater befohlen, zu verhindern. Er kam jedoch nicht weiter als eine Tagreise, als er schon, von einem heftigen Unwohlsein überwältigt, im nächsten Gasthaus einkehren mußte. Kaum war er mit Gunnar, der ihn begleitete, in das Zimmer getreten, so warf er sich, von den grausamsten Schmerzen gefoltert, auf das Sofa nieder. Ich, der ich meinen Herrn begleitete, erhielt Befehl, Jones, Bengt's Sklaven, sogleich nach einem Arzt zu schicken.

„Es vergingen einige Stunden, ehe Jones mit dem Arzt wiederkam. Bengt's Zustand war von der Art, daß der Arzt ihm erklärte, er habe nur noch einige Stunden zu leben. Er war an einer in dortiger Gegend herrschenden Seuche erkrankt, welche den Kampf zwischen Leben und Tod sehr schnell und gewöhnlich zum Vortheil des letztern entschied.

„Nachdem er auf diese Weise von seinem nahe bevorstehenden Ende Kenntniß erhalten, verabschiedete er den Arzt, um mit Gunnar unter vier Augen zu sprechen.

„Ich war jung, haßte Bengt von ganzer Seele und brannte vor Begier, womöglich aus seinen Worten etwas

8*

abzunehmen, was Bezug auf Esther's Verschwinden hatte. Genug, ich horchte an der Thür.

„Ich hörte nun, daß Bengt meinen Herrn bat, einige Papiere, die er ihm anvertraute, und welche, wie er sagte, die Spannung zwischen ihm und seinem verstorbenen Vater erklären würden, in seine Verwahrung zu nehmen.

„Gunnar würde daraus ersehen, in welchem Verhältniß Bengt zu den Personen gestanden, welche er neulich nach der unter seiner Verwaltung stehenden Plantage habe bringen lassen. Zugleich gab er Gunnar ein Medaillon und sagte:

„«Dieses Bild ist für sie gemalt und enthält auch die Zeugnisse, von welchen ich mich aus Furcht, sie zu verlieren, nicht gewagt habe, mich zu trennen. Du wirst nun im Namen der Personen, die mir theuer sind, diese Papiere benutzen, um ihr Interesse wahrzunehmen. Versprich mir heilig, daß du dich von diesen wichtigen Documenten nicht eher trennen willst, als bis du dieselben den Händen der Eigenthümerin anvertraut hast.»

„Gunnar versprach dies, fragte aber, wo diese Eigenthümerin des Medaillon und Briefbehälters sei.

„Bengt stammelte, sein Cousin werde ihren Namen und ihre Adresse in diesem kleinen Behältniß finden.

„Hierauf bat Bengt ihn, unverweilt abzureisen, um den Verkauf der Plantage zu verhindern, welcher dem Befehl des Vaters gemäß stattfinden sollte, während Bengt von dort abwesend war. Diese letzte Aufforderung ward schon mit unsicherer Stimme ausgesprochen, und nie werde ich den Ton vergessen, in welchem er hinzusetzte:

„«Du wirst mir nun schwören, über die Meinen zu wachen, und du wirst deinen Schwur halten, obschon du dadurch dich selbst und deine Geschwister in Schweden der von mir und meinem Vater hinterlassenen Erbschaft beraubst. Wären sie — nicht —, so hättest — du — sicherlich —»

„Die letzten Worte erstarben in einem Röcheln, und dann war alles still. Eine ganze Stunde verging, ohne daß ich eine Bewegung in dem Zimmer stattfinden hörte, in welchem Bengt seinen letzten Seufzer ausgehaucht. Endlich öffnete sich die Thür und mein Herr trat heraus. Er war so bleich wie der soeben Verstorbene und blieb auf der Schwelle stehen. Die Augen fest auf mich heftend, sagte er:

„«Kann ich mich vollkommen auf deine Treue verlassen?»

„«Bis in den Tod!» war meine Antwort.

„«Gut», sagte er, faßte mich beim Arme und führte mich an Bengt Falkenstern's Todtenbett und sagte: «Hier liegt Gunnar Falkenstern, und hier steht Bengt, der Erbe des ganzen Reichthums, welchen dieser noch vor einigen Stunden besaß. Hast du mich verstanden?»

„«Ja», antwortete ich, und es kam mir vor, als sei mein Herr vollkommen berechtigt, in den Besitz dieses Reichthums zu gelangen."

„Walter!" rief Gurli und sprang empor; „Falkenstern war also ein Mann, der durch Betrug in den Besitz dieser Millionen gelangte! Er war also nicht der, für den er sich ausgab?"

„Er war der Bruder von Gurli Falkenstern's Vater, der Gatte Ihrer Mutter, und hat wenigstens in diesen Eigenschaften Anspruch auf Ihre Nachsicht", fiel Walter scharf ein. „Ueberdies, Gurli", setzte er hinzu, „haben Sie mir versprochen, nicht durch ein einziges Wort des Tadels oder der Verachtung über den Todten mich das Vertrauen bereuen zu lassen, welches ich Ihnen jetzt beweise."

„Verzeihen Sie, bester Freund", stammelte Gurli.

Walter hob wieder an:

„Der Austausch der Papiere war leicht. Die größte Schwierigkeit war, Jones, den Sklaven des Verstorbenen, loszuwerden. Er war der Einzige, der in dieser Gegend den Unterschied zwischen den beiden Cousins kannte.

„Auf der Plantage, wo der alte Falkenstern das

Zeitliche gesegnet, war Bengt niemals eher gewesen, als bis er in Gunnar's Gesellschaft gekommen war, um den letzten Seufzer seines Vaters zu empfangen. Gunnar dagegen hatte diese Plantage oft besucht, und ward von der ganzen Bevölkerung derselben als Sohn des Herrn betrachtet, weil er von seiner Kindheit an denselben niemals Onkel, sondern stets Vater genannt hatte.

„Allerdings war Jones nach dem Arzt geschickt worden; als aber dieser anlangte, war Gunnar im Zimmer bei Bengt, sodaß Jones nicht wußte, welcher von den beiden Cousins krank geworden und gestorben war.

„Nachdem Gunnar einige Augenblicke nachgedacht, schrieb er einige Worte an den Aufseher James, indem er soviel als möglich Bengt's Handschrift nachzuahmen suchte, und trug ihm auf, dem Befehl des verstorbenen Vaters gemäß, die Plantage mit allen darauf befindlichen Sklaven, Jones mit inbegriffen, so schleunig als möglich zu verkaufen.

„Bengt ward unter dem Namen Gunnar begraben, und der wirkliche Gunnar legte sich den Namen Bengt bei, und trat als Sohn des reichen Falkenstern dessen ganzes Vermögen an.

„Mir schenkte er bei dieser Gelegenheit die Freiheit und das Recht, ihn zu verlassen, wenn ich wollte. Dazu hatte ich jedoch keine Lust, weil ich meinem Herrn mit ganzer Seele ergeben war.

„Ein Jahr später vermählte er sich mit Jane. Kurz nach seiner Vermählung entdeckte er aber, daß Jane einen andern geliebt, und mit dieser Entdeckung war der Frieden und das Glück seines Innern dahin.

„Auch um meine Gemüthsruhe war es geschehen, denn alle Gefühle meines Herzens hingen an der Gattin meines Herrn. Ich liebte sie.

„Bengt zog nach seiner Vermählung nach Boston und wohnte dort, bis sein Vermögen realisirt und in England sicher angelegt war.

„Gunnar hatte schon von dem Augenblick an, wo er die Rolle des Todten annahm, beschlossen, Amerika zu verlassen, weil er hier stets die Entdeckung fürchtete, daß er nicht der rechte Bengt Falkenstern sei. Nachdem alle Angelegenheiten geordnet waren, begab er sich ebenfalls sofort nach England, und, nachdem er ein Jahr hier verweilt, nach Schweden.

„Als er hier anlangte, waren drei Jahre seit dem Tode des wirklichen Bengt vergangen, und gleichwol hatte Gunnar noch nicht das kleine Schildkrot-Etui oder das Medaillon geöffnet. Er wollte den Inhalt nicht kennen; er hatte blos Eins gewollt, und dieses Eine war, sich in den ungestörten Besitz des Vermögens zu setzen.

„Bei der Ankunft in Birgersborg und während er die Zimmer des Erdgeschosses in Stand setzen ließ, sagte er zu mir:

„«Ich habe geschworen, die Papiere, welche er mir anvertraute, zu bewahren, und ich werde mein Wort halten. Deshalb will ich sie hier einmauern lassen, vorher aber vielleicht Kenntniß von ihrem Inhalt nehmen.»

„Es war spät am Abend, als er dies zu mir sagte. Er hatte das Etui hervorgesucht und wollte es öffnen, that sich aber Einhalt und schickte mich erst fort.

„Wahrscheinlich brachte er mit dem Lesen der Briefe, welche das Etui enthielt, die ganze Nacht zu; denn als er mich am Morgen rufen ließ, fand ich ihn an seinem Schreibtisch mit dem Schildkrot-Etui vor sich sitzen. Seine Züge waren fahl und sahen verstört aus.

„Am nächstfolgenden Tag schrieb er an seinen Geschäftsagenten und trug diesem auf, ihm ein Verzeichniß der Sklaven und Sklavinnen zu verschaffen, welche mit Bengt's Plantage verkauft worden. Nachdem er dieses Verzeichniß erhalten, ertheilte er Befehl, eine junge Frau mit ihrem Kind, welche sich darunter befinden müßten, freizukaufen, erhielt aber auf diesen Brief die Antwort, daß der neue Plantagenbesitzer dieselben mit mehrern andern Sklaven bereits verkauft habe und nicht angeben könne, wohin sie gekommen seien.

„Nach Empfang dieser Nachricht hielt sich Gunnar mehrere Tage lang in sein Zimmer eingeschlossen. Als er wieder sichtbar war, sagte er zu mir:

„«Wenn der Teufel sich der Seele eines Sünders bemächtigen will, so eröffnet er ihm Aussicht auf Reichthum und ist dann seines Sieges sicher.»

„Einige Zeit verging, und dann ließ er das Bild mit dem zeigenden Finger, welches er hatte malen lassen, über dem neu aufgeführten Kamin im Speisesaal aufhängen.

„Er fragte mich, wie es mir gefiele, und als ich antwortete, ich verstünde die Bedeutung nicht, sagte er mit düsterm Lächeln:

„«Diese zeigende Hand hat zwei Bedeutungen. Erstens bedeutet sie, daß hier Papiere versteckt liegen, welche die Eigenthümerin derselben, im Fall sie in Besitz derselben gelangt, durch die Brandungen des Schicksals zu all meinem Reichthum führen können. Zweitens kannst du annehmen, daß die Hand die des Satans ist, welcher auf das Gold zeigt, um zu zahllosen Verbrechen und Grausamkeiten zu verführen. Wenn du mich überlebst», setzte er hinzu, «so gestatte nicht, daß der Kamin niedergerissen werde; denn man kann in Wahrheit sagen, daß darunter meine Schande begraben liegt.»

„Ich hatte durchaus keine Kenntniß von dem Inhalt der Papiere, welche dort versteckt lagen, und glaubte, sie enthielten blos Beweise, welcher von den beiden Cousins gestorben sei.

„Erst als der Saal reparirt ward, und ich Madame Teverino's Hand das wohlbekannte Etui entrissen hatte, erfuhr ich, daß der verstorbene Bengt Falkenstern Frau und Kind hinterlassen, und daß diese es waren, welche mein Herr des ihnen mit Recht zugehörenden Erbtheils beraubt hatte.

„Nun zu dieser Frau.

„Bengt Falkenstern hatte für Esther eines jener tiefen und ernsten Gefühle gefaßt, welche einmal in der Brust des Mannes erwachen müssen. Er schrieb demzufolge an seinen Vater, daß er Esther freizukaufen wünschte.

„Beiläufig will ich erwähnen, daß der alte Falkenstern von den Jünglingsjahren seines Sohnes an fortwährend gefürchtet hatte, daß derselbe sich in eine Sklavin verlieben werde. Er konnte dies natürlich nicht verhindern; aber was er eigentlich befürchtete, war, eine Sklavin zur Schwiegertochter zu bekommen, und dies hielt er für etwas so Erniedrigendes, daß er nie ohne Zorn an die Möglichkeit eines solchen Falles denken konnte. Als er Gunnar und Bengt einem jeden die Verwaltung seiner Plantage überließ, stellte er in dem Contract, den er sie unterschreiben ließ, die Bedingung, daß sie keinen Sklaven und keine Sklavin ohne sein Vorwissen und seine Erlaubniß freilassen oder verkaufen dürften. Dagegen schenkte er ihnen ein halbes Dutzend junge Sklaven, welche sie mit auf Reisen nehmen und mit welchen sie überhaupt thun sollten, wie ihnen beliebte. Dieses Menschengeschenk sollten sie sich selbst unter den jüngern männlichen Sklaven auswählen; keiner davon aber sollte zur Zahl derer gehören, welche über zwanzig Jahre alt wären. Auf diese Weise war auch ich Gunnar's Privateigenthum geworden.

„Wir kehren nun zu Bengt und zu dem Brief an seinen Vater wegen Esther's Loskaufung zurück.

„Die Antwort hierauf war nicht blos verneinend, sondern Bengt's Vater bestand auch darauf, daß Esther sofort an seine Plantage abgegeben werde.

„Am Tage nach Empfang dieses Briefs ließ Bengt Esther entführen und das Gerücht aussprengen, welches ich vernahm, als ich mit meinem Herrn auf Besuch bei ihm war, nämlich, daß meine Schwester sich das Leben genommen.

„Das Wahre an der Sache aber war, daß Bengt sich mit Esther nach Canada begeben und sich dort mit ihr vermählt hatte. Als er seinen Vater hiervon unterrichtete, drohte dieser, ihm die Plantage abzunehmen und ihn zu enterben, — Drohungen, welche der Alte gleichwol versprach, nicht in Ausführung bringen zu lassen, solange Bengt's erniedrigende Ehe geheim bliebe.

„Nach sechs Monaten brachte Bengt seine junge Gattin in ein kleines Haus der seiner Plantage zunächstgelegenen Stadt, damit er von Zeit zu Zeit die Plantage besuchen konnte, ohne sich deswegen allzu lange von seiner Gattin trennen zu müssen.

„Ein Jahr verging im reinsten Glück für die beiden Gatten, welche allerdings oft lange getrennt leben mußten, aber deswegen einander nur um so inniger liebten.

„Esther gebar ihrem Gatten eine Tochter, welche in ihrer versteckten Wohnung von einem Priester getauft ward. Ein Jahr darauf kam der Brief vom Vater, welcher meldete, er sei krank und wünsche seinen Sohn zu sprechen, weil er fürchtete, von dem Krankenlager, auf welches das Schicksal ihn geworfen, nicht wieder zu erstehen.

„Bengt hoffte von diesem Besuch bei seinem Vater alles. Blieb derselbe am Leben, so verzieh er dem Sohn sicherlich seine Verheirathung und gab Esther frei. Starb er dagegen, so ward Bengt Herr aller dieser Plantagen, und konnte dann thun, wie ihm beliebte. Genug, er brachte Esther, seine kleine Tochter und deren treue Dienerin Nanny, eine verheirathete Sklavin, welche Amme seines Kindes war, nach seiner Plantage, damit sie während seiner Abwesenheit hier verweilten. Er übergab sie James' Obhut und sagte diesem, der ihm, wie er glaubte, blindlings ergeben war, er müsse mit seinem Leben für sie haften.

„Esther hatte Bengt gebeten, in der kleinen Stadt bleiben zu dürfen, wo sie zwei Jahre lang verborgen und glücklich gelebt hatte. Sie fürchtete die Rückkehr nach der Plantage. Bengt sagte aber, er könne nicht ruhig sein, wenn er sie in der Stadt ohne Schutz lassen sollte, während er dagegen vollkommen beruhigt sei, wenn er sie in dem Schutze des treuen James wüßte.

„Somit reiste Bengt ab.

„Esther brachte die Zeit nach seiner Abreise in der größten Angst zu.

„Einige Tage waren vergangen, als von dem alten Falkenstern der Befehl eintraf, daß die Plantage mit allen darauf befindlichen Sklaven an einen Mr. B. verkauft werden solle, welcher zugleich mit dem Agenten des alten Falkenstern am nächstfolgenden Tage auf der Plantage eintreffen würde.

„James fand sich bei Esther ein, und setzte sie von dem Befehl in Kenntniß, der von ihrem eigentlichen Herrn ausgegangen war. Er las ihr den Brief vor, und in diesem stand, daß alle Sklaven und Sklavinnen, welche sich auf der Plantage befänden, mit dieser zugleich in die Hände des Käufers übergehen sollten.

„«Aber dieses Geschäft kann wol nicht vor Bengt's Rückkunft abgeschlossen werden?» entgegnete Esther.

„«Im Gegentheil», bemerkte James mit einem Lächeln, welches nichts Gutes ahnen ließ, «es muß sofort abgeschlossen werden. Der alte Massa Falkenstern will auf diese Weise Sie und Ihr Kind entfernen, und es Ihnen dadurch unmöglich machen, noch länger die Frau des jungen Massa zu spielen. Sie sind niemals freigelassen oder freigekauft worden, und folglich das Eigenthum des Alten.

„«Aber, mein Gott, ich bin ja das Weib seines Sohnes!» rief Esther.

„«Die Ehe eines freien Mannes mit einer Sklavin ist nicht gesetzlich», antwortete James in rauhem Tone, indem er die Maske abwarf, welche er bisjetzt getragen, um Vertrauen einzuflößen und dadurch Bengt zu verlocken, Esther nach der Plantage zu bringen und sie seiner Obhut anzuvertrauen.

„Der alte Falkenstern hatte James eine große Belohnung versprochen, wenn es ihm gelänge, Esther auszukundschaften und auf die Plantage zurückzubringen, damit sie zugleich mit andern Sklaven veräußert und weit fortgeschafft werden könne.

„Ich verschone Sie mit der Schilderung von Esther's Angst, besonders da sie jetzt von James streng bewacht gehalten ward.

„Zwei Tage darauf kam Mr. B. und der Agent des alten Falkenstern. Die Plantage ward in Augenschein genommen. B. war vollkommen zufrieden damit, daß der Kauf sofort abgeschlossen würde. Dies war jedoch noch nicht geschehen, als Jones mit dem Brief von dem vorgeblichen Bengt an James kam, worin er, dem letzten Willen seines Vaters gemäß, den Wunsch aussprach, daß der Handel unverzüglich abgeschlossen und alle Sklaven ohne Ausnahme in denselben inbegriffen würden.

„Ein paar Tage darauf war Mr. B. Besitzer der ganzen Plantage und sämmtlicher auf derselben befindlichen Seelen, mit Einschluß von Bengt Falkenstern's Weib und Kind.

„Esther's Verzweiflung war so groß, daß sie ihren neuen Herrn erbitterte, und er sich ihrer zu entledigen beschloß.

„Meine Schwester mit ihrem Kind, Nanny mit ihrer kleinen Tochter Juana, Jones und ein halbes Dutzend Unglücksgenossen wurden nach der nächsten Stadt geschickt, um daselbst verkauft zu werden.

„Die Unglücklichen wurden auf dem Sklavenmarkt zur Schau ausgestellt. Unter den Speculanten auf diese lebendige und denkende Waare befand sich ein Herr von stolzem Aussehen. Er richtete sein Augenmerk ausschließlich auf die beiden Kinder Esther's und Nanny's. Nachdem er eine Weile gezögert, fiel seine Wahl auf das der erstern.

„Was Esther empfand, als man ihr ihre Tochter nehmen wollte, läßt sich leichter denken als beschreiben.

„Mit dem Schmerz der Verzweiflung bat sie den stolzen Herrn, sie ebenfalls mitzukaufen, aber vergebens. Man führte ohne Erbarmen das Kind von ihr fort. Der neue Besitzer hüllte es in seinen Mantel und entfernte sich.

„Als er dem Verkäufer die Kaufsumme für das Kind bezahlte, fiel ihm etwas aus der Brieftasche, was Nanny unbemerkt aufhob, und, als er fort war, Esther gab. Es war ein Brief, auf welchem die Adresse «Mr. John Stewart, London» stand.

„Dies war also höchst wahrscheinlich der Name des Mannes, welcher Esther's Tochter gekauft.

„Am nächstfolgenden Tage wurden Esther, Nanny, deren kleine Tochter und Jones an einen Plantagenbesitzer in Südcarolina verkauft.

„Esther starb nicht vor Kummer über den Verlust ihres Kindes, sondern schleppte ihr Leben unter dem Druck der Sklavenfessel hin.

„John Stewart's Brief und Bengt's Briefe, die er ihr während der Zeit, wo sie getrennt gewesen, geschrieben, bewahrte sie sorgfältig. Sie hoffte, durch diese Kleinodien noch einmal ihr Kind und auch den Vater desselben wiederzufinden.

„Fleißig und still bei der Arbeit, gewann sie sich die Zufriedenheit ihres Herrn, und sie sowol als Nanny hatten sich einer sehr menschenfreundlichen Behandlung zu erfreuen. Esther's Absicht war, durch ihre Arbeit so viel zu verdienen, daß sie sich einmal freikaufen könnte, denn Jones hatte ihr von Bengt Falkenstern wunderliche Dinge erzählt. Er hatte ihr gesagt, daß er gehorcht, als Gunnar und Bengt miteinander allein gewesen, und daß einer von ihnen gesagt, die Papiere, welche in ein Medaillon eingeschlossen wären, dürften nicht vernichtet werden.

„Esther arbeitete angestrengt für ihre Freiheit. Wenn sie dieselbe erlangt, wollte sie ihre Tochter aufsuchen und dann, nachdem sie diese gefunden, sich zu Bengt begeben, um von diesem zu verlangen, daß er die Mutter ihrem Gatten, dem Kinde den Vater und beiden den Namen zurückgäbe, dessen sie beraubt worden.

„Nanny's Tochter Juana, die ebenso alt war als Esther's Kind, ward inzwischen der Liebling der letztern. Alle Kunstfertigkeiten, welche Esther sich durch Bengt's Fürsorge selbst angeeignet, lehrte sie Juana, und als Nanny im zehnten Lebensjahre der Kleinen dieser vom Tode entrissen ward, vertrat Esther von dieser Stunde an Mutterstelle an Juana.

„Die Kleine bewies frühzeitig ganz ungewöhnliche Anlagen zur Musik. Wenn die Kinder des Plantagenbesitzers einen Tag etwas sangen, so konnte Juana es den nächstfolgenden auf dem Piano der jungen Misses nach dem Gehör spielen.

„Dieses Talent erweckte die Aufmerksamkeit des Plantagenbesitzers, und die kleine Mulattin ward demgemäß von ihm sehr gut behandelt und erhielt Unterricht.

„So standen die Dinge, als Esther's Herr an einer herrschenden Seuche erkrankte und starb.

„Die Plantage ward verkauft, und mit derselben Esther, Juana, und sämmtliche übrige Sklaven.

„Es war dies ein harter Schlag für die erstere, welcher nur noch zwei Jahre an der Zeit fehlten, wo sie dem Versprechen ihres Herrn gemäß die Freiheit erhalten sollte.

„Ein Italiener, welcher oft das Haus des Plantagenbesitzers besuchte, und Juana und ihren musikalischen Talenten ganz besondere Aufmerksamkeit widmete, kam eines

Tags, nachdem entschieden worden, daß alles, sowol lebendes als todtes Besitzthum in Geld verwandelt werden solle, und fragte die Witwe, ob sie ihm Juana und Esther nicht ablassen wolle.

„Das Geschäft ward abgeschlossen, und einige Tage darauf waren Esther und Juana das Eigenthum Alonso's Teverino.

„Er war Musiker und hatte einen Sohn, der einige Jahre älter war als Juana. Dieser Sohn betrieb ebenfalls die Musik, und sein Talent sollte für die Zukunft seine Erwerbsquelle werden.

„Francisco und sein Vater theilten sich nun in die Mühe, welche die künstlerische Ausbildung Juana's erheischte, während Esther sich mit ihrer Unterweisung in andern nützlichen Kenntnissen befaßte.

„Niedergedrückt von der Hoffnungslosigkeit ihrer Lage, schloß Esther sich immer mehr und mehr an Juana an, und suchte in der Zuneigung dieser einen Trost für den Kummer über den Verlust der eigenen Tochter.

„Als Juana vierzehn Jahre zählte, begannen die Herren Teverino eine Kunstreise durch Amerika und gaben Concerte. Juana war eine vortreffliche Pianistin, Teverino selbst spielte Violoncello und Francisco Violine.

„Mit ihrem erfüllten sechzehnten Jahre erhielt Juana von Teverino die Freiheit unter der Bedingung, daß sie seinen Sohn heirathe. Sie reisten nun mehrere Jahre in verschiedenen Ländern umher, und verdienten ziemliches Geld; ohne aber daß Esther deswegen mehr Hoffnung gehabt hätte, frei zu werden.

„Allerdings hatte Juana ihren Schwiegervater gebeten, Esther die Freiheit zu schenken; aber dieser wollte davon nichts wissen.

„Esther war wegen ihrer Brauchbarkeit und Gewissenhaftigkeit dem alten Italiener unentbehrlich. Nachdem Juana ein Jahr verheirathet gewesen, gebar sie eine Tochter.

„Nicht lange darauf ward Francisco krank und lag ein ganzes Jahr, außer Stande, sich zu rühren. Auch während des nächstfolgenden Jahres konnte er keine Reise unternehmen. Ihre früher erworbenen Mittel schmolzen zusammen.

„Der alte Teverino und Juana sahen sich genöthigt, ohne Francisco sich in die nahegelegenen Städte zu begeben, um Concerte zu geben und dadurch die Mittel zu einer nothdürftigen Existenz zu erwerben.

„Esther blieb bei dem Kranken, um ihn und seine Tochter, die kleine Amy, zu pflegen.

„Wieder vergingen einige Jahre.

„Amy wuchs heran und bekam eine ausgezeichnet schöne Stimme. Als sie älter ward, beschlossen Francisco und Juana, sich nach Europa zu begeben.

„Der alte Teverino blieb in Amerika und behielt Esther bei sich. Die jungen Leute gingen zu Schiff nach Frankreich.

„Einige Tage darauf starb der alte Teverino. Auf seinem Sterbebett schenkte er Esther die Freiheit unter der Bedingung, daß sie seinen Sohn, welcher in Frankreich weilte, aufsuche und ihm ein versiegeltes Packet zustelle, welches eine nicht unbedeutende Summe Geldes enthielt, welche Teverino im Laufe der Jahre für sein Alter gespart.

„Endlich war Esther frei.

„Sie hatte von dem Verstorbenen hinreichendes Reisegeld erhalten und machte sich sofort auf den Weg, erfüllt von Dankbarkeit gegen Gott für ihre Freiheit und von Hoffnung, nun ihre Tochter wiederzufinden.

„In Paris fand sie Juana und Amy.

„Esther übergab gewissenhaft Francisco Teverino's Händen das anvertraute Packet, welches dieser in Empfang nahm, ohne ihr, die es ihm überbracht, etwas für ihre Mühe zu geben.

„Kurz nach ihrer Ankunft in Paris that Esther einen

unglücklichen Fall und beschädigte sich so sehr, daß Gefahr für ihr Leben vorhanden war.

„Während dieser ihrer Krankheit vertraute sie Juana ihre Lebensgeschichte an und bat sie, im Fall sie stürbe, den Brief und die Adresse, welche die arme Mutter während aller ihrer traurigen Schicksale sorgfältig bewahrt, an sich zu nehmen, Bengt Falkenstern aufzusuchen und ihn zu bitten, sich Aufklärung über das Schicksal seiner Tochter zu verschaffen, und für ihre Zukunft zu sorgen.

„Juana hörte diese Erzählung mit gespanntem Interesse an.

„Sie dachte dabei, wie ganz anders ihr Schicksal sich gestalten würde, wenn *sie* ein solches Vermögen, wie das Falkenstern'sche, besäße. Sie bat Esther, ihr sofort den Brief zu überlassen; Esther aber antwortete, daß sie, solange sie athme, diese Gegenstände nicht aus den Händen gäbe.

„Esther genas wieder, obschon es damit sehr langsam ging. Während ihrer Krankheit ward sie von Amy mit der größten Zärtlichkeit gepflegt.

„Juana kam in Gedanken oft auf Esther's Erzählung und die Betrachtung zurück, daß sie, wenn sie wirklich Esther's Tochter gewesen wäre, für welche man sie nach Nanny's Tod angesehen, die Möglichkeit vor sich gehabt hätte, reich zu werden. Jetzt dagegen war sie an einen Mann gefesselt, welcher durch Ausschweifungen alles, was sie verdiente, wieder verschwendete. Es fiel ihr ein, daß Jones in ihrer Kindheit oft gesagt, Esther sei die Gattin eines reichen Mannes, und wenn alles mit rechten Dingen zugegangen sei, so wäre sie jetzt eigentlich ihre Herrin.

„Erst nachdem sie ein Jahr in Frankreich verweilt, konnte Esther ans Weiterreisen denken. Nun aber fehlte es an Geld, und Francisco hatte das, welches sie aus Amerika mitgebracht, bereits verthan. Sie mußte daher bei ihnen bleiben, um durch ihre Arbeit ihr Brot zu verdienen, oder mit andern Worten, die häuslichen Verrichtungen für die Familie Teverino besorgen.

„Sowol Amy als Juana mußten durch ihre musikalischen Talente die Mittel zu ihrem und auch Francisco's Unterhalt verschaffen. Letztgenannter führte einen im höchsten Grade unordentlichen Lebenswandel.

„Eines Abends als Amy auf einem der Boulevardtheater sang, ward ein vornehmer Schotte durch ihre Stimme entzückt, und schlug vor, daß die junge Sängerin hinüber nach Schottland ginge, wo er ihr ein vortheilhaftes Engagement verschaffen zu können glaubte.

„Juana konnte wegen eines Contracts, den sie und ihr Gatte abgeschlossen, Frankreich nicht eher verlassen, als bis dieser Contract abgelaufen war, was erst in einigen Monaten geschehen wäre. Inzwischen konnte das versprochene Engagement für Amy verloren gehen, und es ward deshalb beschlossen, daß Esther Amy nach England begleiten solle, wohin sie ihrem wohlwollenden Beschützer, Lord H., welcher die Bestreitung der Reisekosten übernahm, folgten.

„Man brach auf.

„Esther pochte das Herz gewaltig; denn einmal in Schottland konnte sie mit leichter Mühe nach England gelangen.

„Amy bekam wirklich ein für die Zukunft sehr vortheilhaftes Engagement; nachdem sie aber einige Wochen in Edinburg verweilt, übte das für sie ungewöhnlich kalte Klima einen so verderblichen Einfluß auf sie, daß ihre Brust dadurch angegriffen ward.

„Erst nachdem sie ein halbes Jahr in diesem Lande verweilt, konnte die damals funfzehnjährige Amy anfangen zu singen.

„Juana kam erst in Edinburg an, als ihre Tochter wiederhergestellt war, und hatte es nur Esther's zärtlicher Pflege zu danken, daß sie Amy überhaupt wiedersah.

„Juana und auch Francisco erhielten auf Lord H.'s

Empfehlung Stellungen, in welchen ihre musikalischen Talente ihnen ein sorgenfreies Auskommen hätten verschaffen können, dafern Francisco nur ein regelmäßiges Leben geführt und nicht alles, was sie verdienten, durchgebracht hätte.

„Esther war seit acht Monaten in Edinburg, als sie endlich Amy und Juana Lebewohl sagte, um eine Entdeckungsreise nach ihrem Kind anzutreten.

„Zunächst begab sie sich nach London. Sie hatte nämlich in einer Zeitung gelesen, daß das Handelshaus Stewart und Compagnie hier sein Comptoir hatte.

„Unter tausend Entbehrungen erreichte sie die große Stadt, und es gelang ihr auch, Stewart und Compagnie ausfindig zu machen. Als sie aber sich auf dem Comptoir einfand und mit Mr. John Stewart zu sprechen verlangte, kam ihr ein ganz junger, eleganter Herr entgegen, welcher fast noch jünger zu sein schien, als ihre Tochter jetzt sein mußte.

„Esther that gleichwol verschiedene Fragen, um Auskunft über den Mr. Stewart zu erlangen, welcher in Amerika gewesen; konnte aber hierüber keinen Aufschluß erhalten.

„Der junge Geschäftsmann hatte keine Zeit zum Verplaudern übrig, und ward, als Esther immer noch nicht gehen wollte, zuletzt so ungeduldig, daß er sie hinausweisen ließ und Befehl gab, das «verrückte alte Weib» nie wieder vorzulassen.

„Niedergeschlagen und von allen Mitteln entblößt, setzte sich die Unglückliche auf einen Eckstein und barg das Gesicht in den Händen. Ihre kleine Kasse war erschöpft. Sie kannte kein menschliches Wesen, an welches sie sich in dieser beinahe unermeßlichen Stadt hätte wenden können, und wußte nicht, wohin sie ihre Schritte lenken sollte, um Obdach und Nahrung zu finden. Die Hoffnung, welche der Armen über dreißig Jahre lang wie ein freundlicher Stern geleuchtet, schien jetzt, wo sie sich in dem Lande befand, in welchem sie ihre Tochter wiederzufinden erwartet, erloschen zu sein.

„Der Tag ging zu Ende, das Abenddunkel war eingebrochen, und immer noch saß Esther auf dem Eckstein, ohne das gesenkte Haupt emporzurichten.

„Plötzlich ward sie von einer Frauenstimme angeredet, welche in theilnehmendem Ton fragte, ob sie krank sei.

„Esther blickte auf.

„Eine alte Frau stand vor ihr und sah freundlich auf den Fremdling von jenseit des Oceans herab.

„Mit wenigen Worten erklärte Esther, sie sei aus Amerika, was ihre dunkle Gesichtsfarbe nur zu deutlich bewies, und sie befände sich jetzt in Englands Hauptstadt ohne Geld, ohne Obdach, ohne Bekannte und ohne alle Hoffnung.

„Die alte Frau bat Esther, ihr zu folgen, und gab ihr Nachtquartier.

„Am nächstfolgenden Morgen wünschte Esther's Gönnerin, daß sie ihre Schicksale erzähle. Esther that dies; aber ohne etwas zu erwähnen, was Bezug auf ihre Vermählung mit Falkenstern oder die Ereignisse hatte, welche damit in Zusammenhang standen.

„Mistreß Ewert war eine wegen ihrer Wohlthätigkeit bekannte Frau. Esther hatte Glück gehabt, daß sie dieselbe getroffen, und die gute Frau stellte ihrer Schützlingin frei, entweder bis auf weiteres bei ihr zu bleiben, oder, wenn sie dies lieber wollte, zu Juana und Amy nach Edinburg zurückzukehren.

„Im letztern Fall wollte Mistreß Ewert ihr das Reisegeld vorstrecken.

„Esther, welche während der Nacht neue Hoffnung gefaßt, zog es vor, in London zu bleiben, um hier die Nachforschungen nach ihrem Kind fortzusetzen.

„Dabei arbeitete sie fleißig an Stickereien. Mistreß Ewert verkaufte dieselben und hob das dafür gelöste Geld auf, indem sie sagte:

„«Ich lege Ihnen dies zurück, bis Sie ein kleines Kapital beisammen haben; für den Aufenthalt in meinem Hause brauchen Sie nicht zu arbeiten.»

„Esther's Frömmigkeit und sanfte Gemüthsart, ihr Vertrauen auf Gott und ihre stille Ergebung flößte der gutherzigen Engländerin wirkliche Zuneigung zu ihr ein, und es dauerte nicht lange, so ward Esther ein Gegenstand, auf welchen sich das Wohlwollen der edelmüthigen Wohlthäterin concentrirte.

„Eines Tags fragte Esther, ob Mistreß Ewert einen Mr. John Stewart kenne. Die alte Frau konnte sich auf keinen solchen besinnen, sondern wußte nur, daß es einen James Stewart in London gab, denselben, bei welchem Esther schon gewesen. Er war aus Hampshire und, soviel Mistreß Ewert gehört, Sohn eines dortigen Pächters. Sein Vater war todt und hatte blos diesen einzigen Sohn hinterlassen.

„Ein Jahr verging.

„Esther hatte an Juana geschrieben und auch Briefe von dieser erhalten; aber nicht eine einzige Zeile von Amy, obschon die alte, treue Esther ihr Schoskind, von welchem sie stets Großmutter genannt ward, um einige Zeilen gebeten hatte.

„Eines Tags, als Esther wie gewöhnlich in Mistreß Ewert's Zimmer saß und arbeitete, kam ein junger Verwandte zu der alten Frau auf Besuch.

„Es war ein Neffe, welcher längere Zeit im Auslande gewesen war. Er hatte zugleich mit mehreren andern jungen Gelehrten eine Reise zu wissenschaftlichen Zwecken gemacht. Sie waren hoch oben im Norden in den schwedischen Lappmarken gewesen, und er wußte viel von dieser Reise zu erzählen.

„Mistreß Ewert, welche großes Interesse daran fand, ihm zuzuhören, that unaufhörliche Fragen. Endlich erwähnte er, daß sie auf der Rückreise von den Lappmarken eine Tour durch das mittlere und südliche Schweden gemacht hätten.

„«Während unserer kurzen Rast in der Stadt R—ås, auf dem Wege nach Gothenburg», sagte er, «waren wir sehr angenehm überrascht, einen Gentleman zu treffen, welcher so gut englisch sprach als wir selbst. Er lud uns ein, ihm im Vorüberfahren einen Besuch auf seinem Besitzthum zu machen, welches zwischen R—ås und Gothenburg gelegen war. Wir thaten dies auch und brachten bei Mr. Falkenstern einige recht angenehme Stunden zu, worauf wir die Reise nach Gothenburg weiter fortsetzten.»

„«Falkenstern!» rief Esther, welche im Nebenzimmer diese Erzählung mit angehört, und stürzte zu den Sprechenden herein.

„Mistreß Ewert und ihr Neffe sahen Esther verwundert an, besonders als diese mit gefalteten Händen und zitternden Lippen stammelte:

„«O, Sir, sagen Sie mir, war sein Name Bengt Falkenstern? War er ein bejahrter Mann und früher in Amerika gewesen?»

„«Ja, er war früher in Amerika gewesen, und hatte sich seit zwanzig bis dreißig Jahren in Schweden niedergelassen. Sein Vorname war wirklich Bengt. Aber warum fragen Sie? Kennen Sie ihn?» entgegnete der junge Mann.

„«Ob ich ihn kenne!» murmelte Esther und setzte dann hinzu: «Und lebte er in diesem unbekannten Lande ganz allein?»

„«Nein, er war verheirathet; aber wir bekamen seine Frau nicht zu sehen.»

„«Verheirathet, verheirathet!» wiederholte Esther und sank auf einen Stuhl nieder.

„Nach einigen Augenblicken erholte sie sich jedoch, stand auf und stammelte zur Entschuldigung einige unzusammenhängende Worte, worauf sie das Zimmer verließ.

„Auf alle Fragen, welche Mistreß Ewert später an sie that, antwortete sie blos dadurch, daß sie die Hand ihrer Beschützerin ergriff und flüsterte:

„«O fragen Sie mich nicht, ich beschwöre Sie! Der Einfluß dieses Mannes auf mein Leben ist das Geheimniß desselben. Gestatten Sie, daß ich in diesem einzigen Falle nicht aufrichtig sei, und geben Sie mir noch einen Beweis von Ihrer ausgezeichneten Herzensgüte, indem Sie mir Auskunft verschaffen, auf welche Weise ich einen Brief an seine Frau befördern kann.»

„Einige Zeit darauf schrieb Esther demgemäß einen Brief an Gurli's Mutter. In diesem Briefe erzählte sie kurz ihre Lebensgeschichte, erklärte, daß sie für ihre eigene Person keinen Anspruch mehr auf Falkenstern mache, sondern beschwor seine dermalige Gattin blos, Bengt zu bewegen, sie in ihren Nachforschungen nach ihrer Tochter zu unterstützen.

„Sie verlangte blos ihr Kind wiederzufinden, und daß der Vater für die Zukunft desselben sorge, im Fall es ihnen gelänge, es ausfindig zu machen. Dann wolle sie zufrieden und ruhig in irgendeinem versteckten Winkel der Welt leben, ohne jemand ahnen zu lassen, daß sie Bengt Falkenstern's rechtmäßige Gattin sei.

„Die Wirkung dieses Briefs auf Ihre Mutter, liebe Gurli, kennen Sie. Er beschleunigte das Ende derselben.

„In ihren letzten Augenblicken machte Anna es ihrem Gatten zur Pflicht, Esther's Wunsch zu erfüllen und das, was er an ihr verbrochen, soviel als möglich wieder gut zu machen.

„Bengt Falkenstern reiste auch nach Anna's Tod nach England, und ließ durch das Handelshaus, bei welchem ein Theil seiner Kapitalien angelegt war, Esther eine bedeutende Geldsumme zustellen. Ebenso unternahm er auch selbst Nachforschungen nach Esther's Kind, aber ohne allen Erfolg, besonders da er keine Neigung empfand, mit Esther in Berührung zu kommen, und dadurch möglicherweise Gefahr zu laufen, das Geheimniß, wer er eigentlich war, verrathen zu sehen.

„Uebrigens glaubte er dieser Frau, welche seine Anna vor der Zeit ins Grab gestürzt, nichts schuldig zu sein. Alle seine Theilnahme für sie war erloschen, und seine Handlungsweise gegen sie blos eine Folge des Versprechens, welches er Anna auf ihrem Sterbebett gegeben.

„Die Summe, welche Esther erhielt, ward Mistreß Ewert von Falkenstern's Gattin als das einzige, was er für sie thun könne, und mit dem Versprechen zugestellt, daß für Esther's Tochter, im Fall sie dieselbe ausfindig machte, gesorgt werden solle, obschon nur unter der Bedingung, daß Esther keine thörichten Ansprüche mache.

„Falkenstern's Agent war ferner beauftragt, Mistreß Ewert zu bitten, Esther die Ueberzeugung beizubringen, daß sie sich nur selbst schaden würde, wenn sie eine andere Rolle als die ihrige spielen, oder sich für etwas ausgeben wolle, was sie nicht sei.

„Mistreß Ewert führte ihren Auftrag pünktlich aus, ohne eigentlich zu wissen, um was es sich handelte. Sie faßte nur das Resultat ins Auge, und dieses war, daß Esther's Zukunft durch die erhaltene Geldsumme sichergestellt ward. Deshalb hielt sie es für Esther's Pflicht gegen Gott und den Geber, sich nach dem Wunsch des letztern zu richten.

„Kurz darauf, nachdem Esther auf diese Weise in eine ruhige pecuniäre Stellung versetzt worden, langten die Teverinos in London an. Amy's Stimme hatte bedeutend gewonnen, und sie wollte nun mit Beistand ihrer Aeltern und einiger italienischer Künstler ein Concert in der großen Stadt geben.

„Als Esther in den Zeitungen Amy's Namen las, beeilte sie sich, diese ihrem Herzen so theuern Wesen aufzusuchen, an welche sie sich während ihres freudeleeren Lebens mit so großer Zärtlichkeit angeschlossen.

„Wenn sie es jetzt bedurften, so wollte sie ihnen helfen, und wenn sie es nicht bedurften, so wollte sie, nachdem sie sie noch einmal gesehen, eine Reise durch England unternehmen, um John Stewart auszukundschaften.

„Als Esther sich in Juana's Wohnung einfand, war diese allein und außerordentlich erfreut, ihre mütterliche Freundin zu sehen.

„Esther erzählte ihre fruchtlosen Nachforschungen, die Entdeckung, welche sie in Bezug auf Falkenstern gemacht, daß derselbe in Schweden wohne, den Brief, den sie an seine Gattin geschrieben und das Ergebniß hiervon.

„Juana hörte aufmerksam zu. Ihre eigene pecuniäre Stellung war nichts weniger als beneidenswerth.

„Ihr Gatte war mit jedem Tage ausschweifender geworden, und suchte von Frau und Tochter nur den möglichsten Gewinn zu ziehen, um seinen Hang zum Trunk und zum Spiel zu befriedigen.

„Juana liebte ihr Kind leidenschaftlich. Sie hatte blos einen Gedanken, nämlich den, ihrer Tochter eine bessere Zukunft zu verschaffen, als die verschwenderische Lebensweise des Vaters ihr zu bereiten drohte. Dies war der Grund, aus welchem es sie nicht wenig interessirte, zu hören, daß Esther im Besitz eines Kapitals war.

„Der Wunsch, selbst in den Besitz desselben zu gelangen, bemächtigte sich ihres Herzens. Mit Hülfe der Summe, über welche Esther jetzt verfügte, konnte Juana, wenn sie dieses Geld in die Hände bekam, Gelegenheit erhalten, einen schon lange entworfenen Plan auszuführen, nämlich, sich von Francisco zu trennen und Amy der Tyrannei ihres Vaters zu entreißen. Amy erhielt dann Gelegenheit, ihre Kunst zu studiren und ihre

Stimme auszubilden, sodaß sie dann in dieser für die Zukunft eine Goldgrube besaß.

„Alle diese Gedanken kreuzten sich wie Blitze in Juana's Kopf, während sie von ihrer Liebe zu Esther zu sprechen begann, wie glücklich sie sein würden, wenn sie wieder bei ihnen wohnen wolle, und wie sehr dies die arme Amy erfreuen würde, die ihrer lieben Großmutter noch immer mit unverminderter Zärtlichkeit zugethan sei. Juana erklärte, sie werde sich als das glücklichste Wesen auf der ganzen Welt betrachten, wenn Esther die gute Amy unter ihren Schutz nähme.

„Durch Juana's schöne Worte gerührt und von ihrer Liebe zu Amy bewogen, beschloß Esther wirklich, ihre Wohnung bei Mistreß Ewert zu verlassen und mit ihrer Tochter, wie sie Juana nannte, zusammenzuziehen.

„Juana miethete in einem abgelegenen Theil von London eine Wohnung für sie, und einige Tage darauf verließ Esther Mistreß Ewert, um dorthin zu ziehen. Sie versprach in ein paar Tagen wiederzukommen und ihre alte Freundin zu besuchen.

„Es vergingen aber Tage und Wochen, ohne daß Mistreß Ewert wieder etwas von ihrem Schützling hörte. Sie beschloß daher, Esther in der angegebenen Wohnung aufzusuchen; erfuhr aber hier, daß Madame Teverino allerdings hier gewohnt habe, aber schon seit mehreren Wochen mit ihrer Mutter nach Amerika abgereist sei. Das Geld, welches für Esther's Rechnung bei einem Bankier in London deponirt worden, war erhoben. Sie war sonach in ihr Vaterland zurückgekehrt, aber ohne Mistreß Ewert Lebewohl zu sagen, was die gute Frau nicht wenig schmerzte.

„Dies war das, was Mistreß Ewert erfuhr. Wenden wir uns nun zu dem Schicksal, welches Esther wirklich beschieden war.

„Juana hatte mit ihrer angeborenen Keckheit einen Plan ausgesonnen, wodurch sie sich mit einem Schlage

Esther's Geld aneignen und zugleich dieselbe loswerden konnte. Diesen Plan brachte sie auch in Ausführung.

„Als Esther am Abend in die Wohnung trat, welche Juana ihr gemiethet, kam diese ihr entgegen und rief:

„«Mutter, ich habe erfahren, wo der Mann ist, den du suchst. Höre an, was es mir gelungen ist, auszukundschaften. Mr. John Stewart, welcher vor dreißig Jahren England verlassen und sich nach Amerika begeben hat, lebt und wohnt in Boston. Er hat sich vor einigen zwanzig Jahren, als er aus den Sklavenstaaten kam, dort niedergelassen. Es kann unmöglich ein anderer sein als derselbe, welcher deine Tochter kaufte. Einer unserer Landsleute aus Boston, den ich gestern traf, machte mir auf meinen Wunsch eine vollständige Beschreibung von dem Manne, und diese stimmte vollkommen mit der überein, welche du mir gegeben.»

„Esther, welche nicht ahnte, daß ein Betrug sich in dem Herzen einer Person bergen könne, an welcher sie Mutterstelle vertreten, ging richtig in die Schlinge.

„Juana's Interesse, daß Esther ihre Tochter wiederfinden möge, war so gut gespielt, daß selbst der Argwöhnischste sich dadurch hätte irre leiten lassen. Sie machte sich anheischig, die Sache so zu arrangiren, daß Esther unverweilt nach Amerika abreisen könnte.

„Nach einigen Tagen war alles zur Abreise fertig. Juana und Amy wollten Esther begleiten; damit aber Teverino nichts davon merke, hielt Juana es fürs Beste, wenn Amy bis zum Abend vor der Abfahrt bei ihrem Vater bliebe.

„An dem bestimmten Tage ward das Geld erhoben, und dann gingen Juana und Esther an Bord. Ganz früh am Morgen sollte das Schiff abgehen. Juana begleitete Esther, welche, nachdem sie eine Tasse Thee getrunken, sich sehr schwerfällig und schläfrig fühlte, sodaß sie gleich nach dem Eintritt in ihre Koje sich niederlegte. Juana sagte, nun erst wolle sie Amy holen.

„Esther schlief ein, ehe noch Juana sich entfernte, und erwachte erst am andern Nachmittag, als das Schiff schon in der offenen See war.

„Sie schaute sich um. Juana war nirgends zu sehen, und bald machte die Unglückliche die betrübende Entdeckung, daß sie um ihr Geld, und noch schlimmer, auch um die Papiere bestohlen war, welche sie länger als dreißig Jahre fortwährend bei sich geführt.

„Es war kein Zweifel mehr übrig, daß Juana wirklich auf diese niedrige Weise an ihr gehandelt hatte. Esther erinnerte sich, daß Juana ihr gerathen, das Geld unter das Kopfkissen zu legen. Sie fand aber von dieser Summe jetzt nur noch soviel vor, als zur Bestreitung der Reisekosten bis Amerika erforderlich war.

„Der Schmerz und Gram über diese Entdeckung war in Verbindung mit der großen Quantität Opium, welche Esther in den Thee bekommen, die Ursache, daß sie an einem heftigen Fieber mit Delirium erkrankte.

„Während das Schiff Esther immer weiter von England entfernte, hatte Juana in derselben Nacht, wo die Betrogene in Opiumschlaf versenkt lag, sich in Amy's Begleitung ebenfalls fortbegeben.

„Sie entfloh ihrem Gatten und begab sich nach Italien. Zu Amy sagte sie, Esther sei todt und habe ihr auf ihrem Sterbebett das Geld geschenkt, mit welchem sie jetzt reisten und welches Esther zusammengespart habe.

„In Italien ließ Juana ihre Tochter von den ausgezeichnetsten Meistern unterrichten und verwendete auf die Ausbildung ihres Talents alles, was sie Esther gestohlen.

„Nach dem glücklich ausgeführten Betruge an Esther, beschäftigte Juana sich mit dem Ersinnen eines Plans, um mittelst der Briefe, welche sie Esther gestohlen, dem reichen Falkenstern eine Summe abzupressen, durch welche die Zukunft ihrer Tochter unter allen Verhältnissen gesichert wäre.

„Gleichwol wagte sie diesen Plan nicht sofort zur Ausführung zu bringen, aus Furcht, in zu großen Widerspruch mit dem Brief zu gerathen, welchen Esther an die Gattin des reichen Mannes geschrieben, und worin sie von ihrer verlorenen Tochter gesprochen hatte.

„Sie berechnete mit der ganzen Herzlosigkeit des Egoismus, daß Esther, alt und gebrechlich und obendrein aller Mittel beraubt, unmöglich weitere Versuche machen könne, um ihr Kind wiederzufinden oder nach England zurückzukommen, sondern daß sie ihre Tage in Amerika beschließen werde.

„Während Juana ihre Tochter zur Sängerin bildete und Esther's Geld verthat, war diese letztere in Amerika angelangt, nachdem sie auf der ganzen Reise sehr krank gewesen.

„Als das Schiff an der amerikanischen Küste vor Anker ging, war Esther so schwach und ihr Geist so umschleiert, daß sie alles Gedächtniß verloren hatte und förmlich blödsinnig zu sein schien.

„Der Kapitän des Schiffs ließ sie in ein Hospital für Geisteskranke bringen, wo sie ein halbes Jahr blieb. Als sie allmählich ihre Gesundheit und den Gebrauch ihrer Denkkraft wiedergewonnen, erinnerte sie sich auch dessen, was geschehen, und fühlte nun die ganze Wucht ihres traurigen Schicksals.

„Sobald sie als vollkommen wiederhergestellt betrachtet werden konnte, ward sie aus dem Hospital entlassen.

„Sie befand sich nun in einer sehr hülflosen Lage.

„Infolge einer besondern Schickung der Vorsehung traf sie mit einem Mr. Low und dessen Schwester zusammen. Beide waren Quäker, interessirten sich für sie und standen ihr auf alle mögliche Weise bei.

„Es wäre mir, selbst wenn ich wollte, unmöglich, die Entbehrungen und die unermüdliche Arbeit zu schildern, welcher sie sich widmete, um noch einmal nach England zurückgelangen zu können.

„Mr. und Miß Low waren aus diesem Lande. Sie hatten einen Mr. John Stewart gekannt, welcher eine Zeit lang in Amerika gewesen war, und sie wußten, daß er jetzt in Manchester wohnhaft war und Handelsgeschäfte betrieb. Sein Alter, sein Aussehen, alles stimmte mit dem des Stewart überein, welchen Esther suchte.“

Funfzehntes Kapitel.

„Nach einem Jahr schwerer Arbeit“, fuhr Walter in seiner langen Erzählung fort, „hatte Esther soviel vor sich gebracht, daß sie Mr. Low nach England folgen konnte, wohin derselbe sich mit seiner Schwester begab.

„Mit Hülfe des menschenfreundlichen Quäkers gelang es ihr nach ihrer Ankunft in England, John Stewart wirklich auszukundschaften. Sie begab sich zu ihm, und erkannte in dem jetzt grauköpfigen Manne sofort denselben, welcher vor einigen dreißig Jahren ihr Kind gekauft. Sie sagte ihm, daß sie die Mutter desselben sei, und daß sie ihre Tochter wiederzuhaben oder wenigstens wiederzusehen wünschte.

„Mr. Stewart ward anfangs zornig und wollte das alte verrückte Weib, wie er sie nannte, hinauswerfen lassen. Endlich aber ward er von ihren Bitten und der Schilderung der Leiden, die sie zu bestehen gehabt, doch gerührt.

„Bisjetzt hatte Esther außer Juana noch nie jemand den Namen des Mannes genannt, welcher ihr Gatte und der Vater ihres Kindes war; jetzt aber, wo sie den Mann vor sich hatte, welcher ihr ihre Tochter entrissen und durch welchen sie dieselbe wiedererhalten konnte, machte sie kein Geheimniß mehr daraus. Sie sagte, wenn sie ihre Tochter wiederbekommen könnte, so würde es ihr sicherlich gelingen, den Vater zu bewegen, sie als sein Kind anzuerkennen.

„Als sie mit ihrer Erzählung fertig war, saß Mr. Stewart eine Weile in Gedanken versunken da. Endlich sagte er:

„«Wenn Falkenstern anerkennt, daß das Kind, von welchem Sie sprechen, das seinige ist, dann sollen Sie die Person, die Sie suchen, sehen; aber verlangen Sie es nicht eher.»

„Sechs Monate später erschien Esther in Birgersborg gerade in dem Augenblick, wo der vorgebliche Bengt seinen letzten Seufzer aushauchte. Sie werden, liebe Gurli, jetzt den Schmerz begreifen, welcher ihr jenen durchbohrenden Schrei auspreßte. Ohne Beweis, ohne irgendein Zeugniß, daß sie mit dem Manne vermählt gewesen, welcher bei ihrem Anblick den Geist aufgab, sah die Unglückliche ein, daß alle Hoffnung für sie zu Ende war. Sie reiste daher, begleitet von Mr. Low, der ihr nach Schweden gefolgt war, nach England zurück.

„In Manchester angelangt, begab sie sich wieder zu Mr. Stewart, um unter Ausbrüchen ihrer lange unterdrückten Verzweiflung ihr Kind zurückzufordern. Sie bemerkte, als sie in sein Comptoir hineingestürzt kam, nicht, daß er nicht allein darin war, sondern eilte an einer hier stehenden Dame vorüber.

„Während Esther mit wildem Schmerz bald Anklagen erhob, bald um die Gnade bettelte, ihr Kind wiedersehen zu dürfen, und Stewart ganz bestürzt nur ausrufen konnte: «Das Weib ist von Sinnen!» trat die in dem Comptoir anwesende Dame näher und rief mit gutgespielter Bestürzung:

„«Mein Gott, das ist ja die Wärterin meiner Tochter!

dieselbe, die vor einigen Jahren geisteskrank ward. Wie ist sie wieder losgekommen?»

„Mr. Stewart, welchem Esther wirklich aussah wie eine Wahnsinnige, ergriff begierig die Gelegenheit, welche Juana Teverino ihm an die Hand gab, und ließ Esther in ein Irrenhaus bringen, wo sie in einem Zustand von wirklicher Geisteszerrüttung anlangte.

„Nach Verlauf eines Jahres gelang es ihr durch Mr. Low's Vermittelung dennoch, aus diesem Hause wieder entlassen zu werden. Der gute Quäker machte es ihr auch zum zweiten mal möglich, nach Schweden zu gelangen, um Gurli aufzusuchen, und diese womöglich zu bewegen, Esther's Tochter als ihre Schwester anzuerkennen, und auf diese Weise Stewart zu veranlassen, die so lange Gesuchte der Mutter zurückzugeben.

„Mr. Low hatte sie diese Reise nicht in der Hoffnung machen lassen, daß sie dadurch etwas gewinnen könnte, sondern ganz einfach deshalb, weil er hoffte, durch Nachgiebigkeit gegen ihre fixe Idee dieselbe zu überwinden.

„Esther konnte jetzt in der That nicht mehr für vollkommen gesund an Geist oder frei von der Gemüthsstörung, deren Beute sie während der letzten Jahre gewesen, betrachtet werden.

„Das Ergebniß dieses ihres letzten Besuchs auf Birgersborg kennen wir.

„Sie traf nicht Gurli, sondern blos Stephan. Bei ihrer Rückkunft nach England verlor sie ihre einzige Stütze, Mr. Low, und ward nach seinem Tod von Juana, welche sich damals zugleich mit ihrer Tochter in England aufhielt, der Obhut einer gewissen Mistreß Smith übergeben.

„Juana hatte viele Gründe, um nicht zu wollen, daß Esther ihre Plane durchkreuze, und bezahlte diese Frau sehr gut, damit sie ihre Gefangene gut bewache und für sie stehe.

„Esther's krankes Gemüth ward infolge hiervon noch

kränker, und in demselben Grade, wie ihr Seelenzustand sich verschlimmerte, faßte ihre fixe Idee immer festere Wurzel. Sie wollte wieder nach Schweden, und grübelte darüber Tag und Nacht. Eines Abends gelang es ihr in der That, Mistreß Smith's Aufsicht zu entschlüpfen und Mr. Low's Wohnung aufzusuchen, wo sie seine noch lebende Schwester traf, welche sie mit Thränen um Hülfe und Schutz anflehte.

„Miß Low antwortete, Esther könne bei ihr wohnen und sie werde auch sonst für sie sorgen; damit aber war Esther nicht zufrieden, sondern sie wollte Geld haben, um nach Schweden zu reisen.

„Am zweiten Abend verlangte sie mit so wahnsinniger Heftigkeit Geld von Miß Low, daß diese, die sich der Worte ihres Bruders in Bezug auf die Art der Gemüthskrankheit, an welcher Esther litt, entsann, that, als ob sie ihre Wünsche erfüllen wollte und ihr eine Banknote von funfzig Pfund gab. Miß Low dachte dabei:

„«Es ist jetzt schon spät am Tage. Wenn sie das Geld hat, wird sie ganz ruhig zu Bett gehen, und wenn sie eingeschlafen ist, kann ich ihr das Geld wieder abnehmen.»

„Esther ward nach dem Empfang des Geldes auch wirklich vollkommen ruhig. Sie betrachtete es mit zufriedener Miene und ging dann sich niederzulegen, behielt aber die Banknote fest in die Hand geschlossen.

„Am nächstfolgenden Morgen war Esther trotz aller Vorsichtsmaßregeln, welche Miß Low am Abend vorher getroffen, verschwunden. Sie hatte sich an einer Leine zum Fenster hinabgelassen.

„Miß Low machte Meldung bei der Polizei. Es dauerte nicht lange, so erkundete man, daß sie in derselben Nacht noch, wo sie die Flucht ergriffen, mit einem Schiff nach Gothenburg abgegangen sei. Juana beauftragte Mistreß Smith, ihr nachzureisen und sie zurückzubringen, indem sie der habgierigen Frau, wenn ihr Unternehmen gelänge, eine bedeutende Summe versprach.

„Gerade in dem Augenblick, wo Mistreß Smith Esther in Gothenburg wiedergefunden, trafen auch Sie, Gurli, mit ihr dort zusammen.

„Seit dieser Zeit hat Esther sich in Mistreß Smith's Gefangenschaft befunden.

„Als ich meine Nachforschungen begann, und es mir gelungen war, Mistreß Smith auf die Spur zu kommen, zog sie von London hinweg nach der Meeresküste, wo sie sich häuslich niederließ.

„In diesem versteckten Winkel und in die Gewalt dieses abscheulichen Weibes brachte man auch Sie, Gurli, um Sie dort gefangen halten zu lassen.

„Ohne Matthes' Hülfe befände Gurli sich auch sicherlich jetzt noch im Gewahrsam dieses Weibes. Durch Matthes aber gelang es Stephan, nicht blos Gurli, sondern auch Esther zu befreien, obschon Gurli während ihrer Gefangenschaft bei Mistreß Smith keine Ahnung davon hatte, daß Esther und sie an einem und demselben Ort eingeschlossen gehalten wurden.

„Ich habe meiner Erzählung nun nur noch einige Zusätze in Bezug auf Juana und Amy beizufügen, welche Gurli allerdings kennt, wovon aber Tante Katharine und Elisabeth noch nichts wissen.

„Nachdem Juana ihre Tochter gründliche musikalische Studien hatte machen lassen, erhielt Amy ein Engagement in Neapel

„An dem Abend, wo sie zum ersten mal auf dem Theater San-Carlo auftrat, fand sich nach beendeter Vorstellung Francisco Teverino ein, um seine Tochter und seine Gattin nach ihrer Wohnung zurückzubegleiten, wo er, nachdem es ihm nach vielem Suchen gelungen war, sie ausfindig zu machen, ebenfalls sein Zelt aufgeschlagen hatte. Juana's heftige Proteste dagegen und ihre Versuche, die Tochter dem Vater wieder zu entreißen, waren fruchtlos. Francisco blieb, um die Frucht von dem, was die Tochter verdiente, zu genießen und ein lustiges Leben zu führen.

„Die Folge hiervon war, daß trotz der wirklich bedeutenden Einkünfte, welche Amy hatte, dieselben nicht zureichen wollten, sondern es gar nicht selten geschah, daß sie und ihre Mutter Mangel am Nothwendigsten litten. Nicht zufrieden hiermit, erlaubte Francisco sich auch gegen Amy sowol als gegen Juana, wenn sie ihm kein Geld mehr geben konnten, die rohesten Gewaltthätigkeiten.

„So verging ein Jahr, bis endlich Juana und ihre Tochter abermals ihrem Gatten und Neapel entfloh.

„Sie begab sich mit Amy nach Frankreich, wo sie für sich und ihre Tochter ein Engagement zu erhalten versuchte. Sie trafen jedoch in Paris zu einer sehr ungünstigen Zeit ein, wo die Saison schon vorüber war, sodaß Amy wenigstens kein Engagement, wie sie es wünschte, erhalten konnte.

„Endlich traf sie mit dem Director eines der kleinern Theater ein Abkommen, welchem zufolge sie für eine gewisse Summe den Abend in ein paar Rollen auftreten sollte. Sie war eben in der Probe zu ihrem ersten Auftreten gewesen, als sie auf dem Heimwege ihren Vater begegnete.

„Das arme Mädchen erschrak bei dieser Begegnung so sehr, daß sie nahe daran war, in Thränen auszubrechen.

„Teverino begrüßte seine Tochter mit Ausdrücken des heftigsten Zornes, und überhäufte sie mit Vorwürfen, weil sie ihn verlassen.

„Bei der Ankunft in ihrer Wohnung fand, wie man sich leicht denken kann, zwischen den beiden Gatten ein gewaltig stürmischer Auftritt statt.

„Juana konnte sich nicht an den Gedanken gewöhnen, daß ihre Tochter abermals der gewaltthätigen Behandlung ihres Vaters preisgegeben sein sollte, und ließ ihrem

Zorn freien Lauf. Francisco dagegen hatte keine Lust, Juana zu verzeihen, daß sie ihm den Vortheil verweigert, auf Kosten seiner Tochter leben zu können.

„Zwei Abende später sang Amy zum ersten mal vor dem Publikum von Paris. Ihre Aufmerksamkeit richtete sich auf einen jungen Mann, welcher im Parterre saß und, wie es schien, ihrem Gesange mit ganzer Seele lauschte. Sein regelmäßiges, schönes Antlitz verrieth das größte Interesse.

„Amy, welche bisjetzt noch an keinem Manne Gefallen gefunden, fühlte sich sofort zu diesem Fremdling hingezogen, so überrascht ward sie durch sein Aeußeres. Nie glaubte sie ein schöneres Antlitz oder ein bezaubernderes Augenpaar gesehen zu haben. Sie sang besser als je und erntete rauschenden Beifall.

„Der Vorhang fiel und Amy ging, fortwährend an den Fremdling denkend, in ihr Garderobezimmer, um ihr Costüm gegen ihre gewöhnlichen Kleider zu vertauschen.

„Sie hatte nicht beachtet, daß ein hochgewachsener Mann, mit einem Ordensbändchen im Knopfloch, kein Auge von ihr verwendet hatte. Ebenso hatte sie auch keine Ahnung, daß ihr Vater, von seinem Platz im Parquet aus, den hochgewachsenen Herrn beobachtet und sich Gelegenheit verschafft hatte, zu erfahren, wer es sei.

„Später folgte ihm Teverino und befand sich in seiner Nähe, als derselbe seinen Diener beauftragte, ihm Signora Teverino's Adresse zu verschaffen.

„Teverino ersparte dem Diener diese Mühe, indem er dem Herrn mit dem Orden die gewünschte Auskunft ertheilte.

„Am nächstfolgenden Tage führte Teverino den Fürsten X. bei Amy ein, welche den vornehmen Mann mit jener nachlässigen Kälte empfing, welche Damen vom Theater, wenn sie nicht leichtfertig sind, gegen Männer beobachten, welche ihnen ihre Huldigungen darbringen.

„Der Fürst ließ sich indeß dadurch nicht abschrecken, sondern machte Amy einen Antrag, bei welchem diese heftig aufsprang und den Fürsten ersuchte, das Zimmer zu verlassen.

„Seine Hoheit ging. Der schändliche Vater aber war ganz wüthend, sich der Goldgrube beraubt zu sehen, welche der Handel mit dem Fürsten ihm eröffnet haben würde. Er erlaubte sich zugleich, seiner Tochter seinen Zorn durch die größten Mißhandlungen zu erkennen zu geben.

„Am nächstfolgenden Tage war Amy krank und konnte eine ganze Woche nicht auftreten.

„Eine andere bekanntere Sängerin ward mittlerweile an demselben Theater und unter denselben Bedingungen engagirt. Amy sah sich dadurch ihres zeitherigen Einkommens beraubt, und zwar durch einen Vater, welcher fortwährend Geld brauchte und in Wuth gerieth, wenn er keins erhielt.

„Eines Abends, als Teverino berauscht nach Hause kam, brachte er einen Wagen mit und verlangte, seine Tochter solle einsteigen und ihn begleiten. Amy weigerte sich ganz entschieden, und Juana trat zur Vertheidigung ihres Kindes auf.

„Teverino, welcher eine bedeutende Geldsumme versprochen erhalten, wenn er im Stande wäre, Amy zu bewegen, ihre dem Fürsten gegebene, abschlägige Antwort zurückzunehmen, faßte das junge Mädchen beim Haar und zog einen Dolch, mit welchem er sie niederzustoßen drohte, wenn sie ihm nicht gehorchte.

„Juana warf sich mit einem Schrei der Wuth und des Entsetzens auf ihn; er aber schleuderte sie von sich und brüllte:

„«Du folgst mir, Amy, oder ich ermorde dich!»

„Juana's Geschrei hatte die Aufmerksamkeit der Nachbarn erweckt.

„In demselben Augenblick, wo Teverino mit gehobenem

Dolch seiner Tochter befahl, ihm zu folgen, ward die Thür aufgerissen, und ein junger Mann kam hereingestürzt. Er packte Teverino von hinten beim Arme und rief:

„«Wie, mein Herr, Gewalt gegen eine Dame!»

„Teverino ließ seine Tochter los und wendete sich gegen den, welcher dazwischengetreten. Es war ein ganz junger Mann, aber von entschlossenem und ungewöhnlich vortheilhaftem Aeußern.

„«Ich bin Ihr Nachbar, mein Herr», sagte er und zeigte auf eine verschlossene Seitenthür. «Mit dem besten Willen von der Welt, nicht zu hören, was hier vorginge, war es mir doch unmöglich, nicht zu vernehmen, daß Sie Geld brauchen. Sie wünschen sich dessen durch Ihre Tochter zu verschaffen, nicht wahr? Ich gebe zu, daß dies eine sehr bequeme Weise ist; aber Sie werden wiederum mir zugeben, daß dieselbe für einen Gentleman sich nicht sonderlich schickt. Ich will Ihnen inzwischen einen Vorschlag machen. Sie sollen von mir eine ebenso große Summe bekommen wie die, für welche Sie Ihr Kind opfern wollen, aber unter gewissen Bedingungen. Sie erhalten den vierten Theil davon sofort, das zweite Viertel erheben Sie in England, und den Rest bekommen Sie bei Ihrer Ankunft in Amerika, wohin Sie klug thun werden, sich zu begeben. Gehen Sie nicht hierauf ein, so sehe ich mich gezwungen, bei der Polizei anzuzeigen, daß Sie gestern sich einer Börse aus der Tasche meines Reisegefährten bemächtigt haben, während er bei Madame Z. am Roulettetisch stand und dem Spiel zusah. Wir waren unser zwei, welche sahen, wie Sie auch noch zwei andere Börsen aus den Taschen ihrer Eigenthümer in die Ihrigen transportirten. Also, mein Herr, wollen Sie auf meinen Vorschlag eingehen, oder Bekanntschaft mit der Polizei machen?»

„Teverino stand da wie vom Donner gerührt. Amy war auf einen Stuhl niedergesunken und bedeckte sich das

Gesicht mit den Händen. Sie glaubte vor Scham sterben zu müssen, als sie die Worte hörte, welche der Fremdling an ihren Vater richtete.

„Teverino, welcher wußte, daß er in der letztern Zeit verschiedene Dinge ausgeführt, von welchen er durchaus nicht wünschte, daß die Polizei Kenntniß davon erhielte, ging auf den ihm gemachten Vorschlag ein. Schon am nächstfolgenden Tage hatte er Paris verlassen, und zwei Tage darauf fand sich der junge Mann wieder in Amy's Wohnung ein, um ihr mitzutheilen, daß er, wenn sie es wünsche, ihr durch einen seiner Freunde ein Engagement an der Großen Oper in Paris verschaffen zu können hoffe. Zugleich bat er um Erlaubniß, ihr den Marquis D. vorstellen zu dürfen.

„An demselben Tag, wo der Contract über Amy's Engagement an der Großen Oper unterschrieben ward, fand der Fremde sich am Abend wieder ein, um zu fragen, ob die Unterzeichnung erfolgt sei.

„Amy dankte ihm nun mit der ganzen Wärme, welche in ihrer Natur lag, schenkte ihm eine Blume, die sie von einem auf ihrem Fenster stehenden Stocke brach, und versicherte ihm, daß sie sich für ihr ganzes Leben als seine Schuldnerin betrachte.

„Auf diese Weise entstand Stephan's und Amy's Bekanntschaft.

„Ihr Herz neigte sich mit leidenschaftlicher Zärtlichkeit dem Manne zu, dem sie soviel Dank schuldig war.

„Stephan, welcher sich damals zugleich mit Allon und Blom in Paris aufhielt und auf Falkenstern's Kosten reiste, hatte für Teverino die ganze Summe verwendet, die er zur Bestreitung seiner Reisekosten erhalten, und mußte nun, um sich ebenso lange als Allon im Auslande aufhalten zu können, eine Anleihe machen, welche Blom ihm verschaffte. Damit er, da seine Einkünfte so beschränkt waren, nicht ebenso viel Geld brauchte als Allon, beschloß er, ganz eingezogen zu leben und sich von den

Zerstreuungen, an welchen die beiden Cousins früher gemeinschaftlich theilgenommen, zurückzuziehen. Er blieb daher auch in Paris, während Blom und Allon eine Reise nach Italien machten. Er wollte die Schuld, die er gemacht, nicht vermehren, und die Mittel, die er jetzt besaß, gestatteten ihm nicht, seine beiden zeitherigen Reisegefährten zu begleiten.

„Während daher Blom und Allon in Italien umherstreiften, blieb Stephan in der Hauptstadt Frankreichs, und nahm seine Wohnung in einem Dachstübchen, wo er das eingezogenste Leben führte und allen Bekannten auswich. Sein einziger Umgang war mit Madame Teverino und ihrer Tochter.

„Der Einfluß, den er auf letztere ausübte, hätte sehr wohlthätig werden können, wenn die Neigung, welche Amy zu ihm hegte, erwidert worden wäre. So aber mußte dieser vertrauliche Umgang zwischen den beiden jungen Leuten auf Amy eine im höchsten Grad schädliche Wirkung äußern. Amy, welche liebte, sah in seiner Freundschaft und in seinem Wohlwollen gegen sie einen Beweis, daß ihr Gefühl erwidert werde, und glaubte, sie besäße seine Liebe.

„So vergingen zwei Monate.

„Zwei Monate waren für Amy dasselbe, wie für ein anderes junges Mädchen zwei Jahre, so schnell entwickelten sich ihre Gefühle, und da Stephan sich gleichblieb, ohne daß eine Erklärung über seine Lippen kam, so begann sie endlich zu bezweifeln, daß er sie ebenso lieb habe wie sie ihn.

„Getrieben von ihrer Ungeduld, ihr Schicksal entschieden zu sehen, beschloß sie der peinlichen Ungewißheit ein Ende zu machen, und Stephan geradezu zu fragen, ob er geliebt habe.

„«Ja. Ich habe nicht blos geliebt, sondern liebe auch noch», antwortete Stephan lächelnd.

„«Seit wann denn?» fragte Amy weiter.

„«Das zu sagen, ist mir unmöglich, denn die Person, welche ich liebe, habe ich so lange geliebt, als ich zurückdenken kann. Sie hat in meinem Herzen gewohnt, seitdem dieses überhaupt eines zärtlichen Gefühls fähig ist.»

„«Ah, dann lieben Sie also ein Mädchen Ihres Heimatlandes!»

„Es lag in Amy's Ton etwas, worüber Stephan beinahe erschrak. Er blickte zu ihr auf. Ihre Augen begegneten sich, und in diesem einzigen Blick las Stephan das Geheimniß ihres Herzens. Es stand darin nur allzu deutlich geschrieben, daß sie ihn liebte.

„Stephan's strenges Ehrgefühl, sagte ihm sofort, wie er handeln müsse, und daß jeder Schimmer von Ungewißheit in Bezug auf die Beschaffenheit seiner Neigung zu ihr ein Verbrechen sei. Er ergriff daher Amy's Hand und sagte mit tiefem Ernst:

„«Ja, Amy, ich liebe ein Mädchen in meinem Heimatland, ich liebe sie von ganzer Seele und so, daß ich nie eine andere lieben kann. Das Einzige, was ich noch zu verschenken habe, ist meine brüderliche Zuneigung, und diese, Amy, habe ich Ihnen geschenkt. Unsere Wege werden sich bald trennen; wo dieselben aber auch sich wieder begegnen, werden Sie in mir stets einen Freund finden. Meine Freundschaft, Amy, ist jedoch das Einzige, was ich Ihnen schenken kann.»

„Kurz darauf kehrte Stephan in sein Vaterland zurück, und sah Amy nicht eher als in Birgersborg wieder."

„Aber wie in aller Welt kam Gurli auf den Einfall, die Teverinos hierher einzuladen?" fiel Tante Katharine ein, „und wie hängt es eigentlich zusammen, daß Miß Stewart Falkenstern's Tochter ist?"

„Warten Sie ein wenig, und die Sache wird Ihnen sogleich erzählt werden, Tante", antwortete Walter. „Was zunächst Elisabeth betrifft, so war das Verhältniß folgendes:

„Mr. John Stewart hatte sich mit der Tochter eines reichen Amerikaners verheirathet, und brachte die junge Frau aus der Neuen Welt in das alte England, wo er fröhlich und guter Dinge lebte, und die Mitgift, die sie ihm zugebracht, verschwendete. Nach einigen Jahren war das Geld alle, und Stewart kam auf die Idee, einen Besuch bei seinem Schwiegervater zu machen, um sich in Amerika niederzulassen. Er theilte seiner Gattin diesen Plan mit und es ward bestimmt, daß sie Stewart's Vaterland verlassen sollten, um sich dorthin zu begeben, wo die Wiege seiner Gattin gestanden.

„Sie gingen an Bord und nahmen ihr jüngstes und noch einziges am Leben befindliches Kind, ein noch nicht ganz ein Jahr altes Mädchen, mit.

„Der Tod hatte ihnen vier ältere Kinder entrissen, und der Kummer darüber die Gesundheit der Mutter bedeutend geschwächt. Auch war sie den Strapazen der Reise nicht mehr gewachsen, sondern starb während der Ueberfahrt.

„Zwei Tage nach seiner Ankunft in Amerika sah Stewart sich auch seine kleine Tochter durch den Tod entrissen.

„Der Verlust von Gattin und Kind war für den ruinirten Stewart um so härter, als er mit denselben alle Hoffnung auf Unterstützung von seinem Schwiegervater verlor. Dieser hatte ihm nämlich in einem Briefe zu verstehen gegeben, daß das Einzige, was ihn bewegen könne, für den Gatten seiner Tochter, der sich als ein Verschwender erwiesen, etwas zu thun, die Liebe zu seiner Enkelin sei, welche der alte Mann ganz an Kindesstatt anzunehmen beabsichtigte, um ihr später einmal sein ganzes Vermögen zu hinterlassen.

„Stewart's Lage war sonach äußerst bedenklich; nachdem er aber den ersten Kummer ein wenig überwunden, begann er die Sache zu überlegen und kam auf den Gedanken, den Verlust seiner Tochter durch ein fremdes

Kind zu ersetzen, und den Schwiegervater von dem Tod seiner Enkelin in Unkenntniß zu lassen. Er begab sich demgemäß sofort in eine der Städte der Sklavenstaaten und auf einen Sklavenmarkt, um hier ein Kind zu kaufen. Dies war die sicherste Art und Weise, das Geheimniß zu bewahren, weil hier nicht zu befürchten stand, daß die Aeltern des Kindes einmal auftreten, Ansprüche erheben und auf diese Weise den Betrug enthüllen würden. Er kaufte Esther's kleine Tochter, und nannte sie nach der; welche er verloren, Elisabeth.

„Sein Schwiegervater empfing, weit entfernt, den Betrug zu argwohnen, das vermeinte Kind seiner verstorbenen Tochter mit der größten Freude, und verschwendete an dasselbe die ganze Zärtlichkeit, die er für die Mutter gehegt.

„Er streckte Stewart eine Summe vor, welche es ihm möglich machte, als Kaufmann von neuem anzufangen; aber nur unter der Bedingung, daß er nach England zurückkehrte.

„Elisabeth blieb bei Stewart's Schwiegervater bis zu ihrem vierzehnten Jahr, wo er ganz unvermuthet sich noch einmal verheirathete. Er schickte nun die Enkelin nach England zurück und setzte ihr eine sehr ansehnliche Summe als Jahrgeld aus. Stewart brachte sie in eine der größten Pensionsschulen, die es in England gab. Hier erhielt sie die sorgfältigste Ausbildung, und verließ dieses Institut erst, nachdem sie ihr neunzehntes Lebensjahr zurückgelegt, wo sie dann zu Stewart zurückkehrte.

„Ihr Charakter war ein im höchsten Grade selbständiger, der Stewart's dagegen despotisch, sodaß von Eintracht zwischen ihnen keine Rede sein konnte. Hierzu kam, daß der frühere Verschwender ein strenger Haushalter geworden war, welcher fortwährend von dem sprach, was Elisabeth ihn kostete, sodaß ihr Aufenthalt in seinem Hause für sie nicht anders als unangenehm sein konnte, besonders da Stewart in seiner Art und Weise gegen sie etwas Kaltes und Fremdes hatte.

„Elisabeth schlug Stewart daher vor, ihr zu erlauben, daß sie sich ein Unterkommen als Lehrerin in einer angesehenen Familie suche. Für den Fall, daß er auf diesen ihren Wunsch einginge, war sie bereit, das jährliche Einkommen, welches sie aus Amerika bezog, an ihn abzutreten.

„Stewart ging mit dem größten Vergnügen auf diesen Vorschlag ein, und Elisabeth kam in das Haus des Lord J., um dessen einzige Tochter zu erziehen. Diesen Posten behielt sie vier Jahre, wo dann die Erziehung der jungen Lady als vollendet betrachtet ward.

„Gerade um diese Zeit erhielt sie von Falkenstern's Agenten das Anerbieten, nach Schweden zu gehen und Gouvernante der Stieftochter des reichen Mannes zu werden."

Sechzehntes Kapitel.

„Was nun folgt, weiß ich“, unterbrach Tante Katharine den Mulatten in seiner Erzählung; „aber wie kam es, daß Stewart sich bewegen ließ, zu gestehen, daß Elisabeth nicht sein Kind ist?“

„Der eigene Vortheil“, sagte Walter lachend. „Als es Stephan gelang, durch Matthes nicht blos Gurli, sondern auch zugleich Esther auszukundschaften, erzählte diese letztere ihm ihre Lebensgeschichte, wo es dann nicht sehr schwer war, Stewart zu dem Geständniß zu bewegen, daß Elisabeth das Kind sei, welches er in Amerika gekauft. Stephan wußte dem habsüchtigen Manne die Sache so vorzustellen, daß er es um seines eigenen Nutzens willen am räthlichsten fand, die Wahrheit zu gestehen. Elisabeth sollte ihrem Pflegevater alles wiederbezahlen, was ihre Ausbildung gekostet, und ihm noch eine Summe darüber schenken.“

„Ah so! Nun ist mir die Sache klar“, meinte Tante Katharine und nahm eine Prise. „Nun aber sagt mir, wie Matthes es angefangen hatte, zu erfahren, wohin Gurli den Weg genommen.“

„Matthes hatte eines Abends, als er draußen am

See war, ein Boot gesehen, welches auf den Strand, wo er sich befand, zugerudert kam. Es war in der Dämmerung; dessenungeachtet aber glaubte er in der Person, welche das Boot ruderte, Grönlund zu erkennen. Er fand es sonderbar, daß dieser Mann zu dieser Zeit ganz allein und so weit von seiner Wohnung auf dem See war. Er beschloß deshalb, ihn zu belauschen, und kroch zu diesem Zweck hinter ein paar große Büsche.

„Kaum hatte er sich auf diese Weise versteckt, als er eine Dame auf den Strand zukommen sah. Etwas später legte Grönlund's Boot an, und Matthes konnte sich nun vollkommen überzeugen, daß es wirklich der Comminister war. In der Dame erkannte er Madame Teverino. Augenscheinlich hatten beide sich verabredet, sich an diesem einsamen, abgelegenen Ort zu treffen, wo sie jetzt lange und so heimlich miteinander sprachen, daß Matthes blos einige mal Gurli's Namen nennen hörte. Einmal erhaschte er jedoch die von Madame Teverino gesprochenen Worte:

„«Gelingt es uns daher, sie zu der Reise zu bewegen, so haben wir gewonnenes Spiel, und sie kann dann unsere Plane nicht durchkreuzen.»

„Die Worte «London», «Gothenburg» und «Walter» waren alles, was er dann noch erschnappen konnte. Endlich trennten sich die beiden, und Grönlund sagte:

„«Der Brief muß also wol so eingerichtet sein, daß sie heute über acht Tage abreist?»

„«Ja wohl.»

„«Gut; wir können nun den Sieg als unser betrachten. Gestehen Sie zu, daß ich mich durch Lotta's Rapporte Ihnen sehr nützlich gemacht habe», setzte Grönlund hinzu und stieg in das Boot.

„«Und ich hoffe, Ihnen keinen weniger wichtigen Dienst zu erzeigen, wenn ich Ihre erbittertste Feindin von hier fortschaffe», antwortete Madame Teverino.

„Hierauf entfernte sie sich, und Grönlund ruderte mit raschen Schlägen vom Strand hinweg.

„Wäre Stephan in Breddal anwesend gewesen, so würde Matthes diesem sogleich seine Befürchtung, daß Gurli Gefahr drohe, mitgetheilt haben. So aber hielt er es für das Klügste, das, was er gehört, keinem Menschen zu erzählen, sondern sich blos in der Nähe von Birgersborg aufzuhalten und die Sache so einzurichten, daß er von allem, was sich hier zutrüge, Kenntniß erlangen könnte.

„An dem Tage, welchen man zu Gurli's gezwungener Reise bestimmt, fand Matthes sich auf Birgersborg ein, um sich zu überzeugen, ob Gurli wirklich abreisen würde, und da er fand, daß sie im Begriff stand, sich nach Gothenburg zu begeben, so bat er um Erlaubniß, sie zu begleiten, fest überzeugt, sie, wenn es gälte, vertheidigen zu können.

„Als Gurli nach der Ankunft in Gothenburg sofort nach dem Hafen hinunterfuhr, schmuggelte Matthes unbemerkt sich hinten auf den Wagen.

„Er sah Gurli an Bord gehen, und als der Kapitän des Schiffs den Kutscher fortschickte, schlich Matthes sich an Bord, um zu erfahren, was Gurli auf dem Schiff zurückhielte. Gleichwol hatte er nur eben Zeit, sich hinter einem Haufen Tauwerk zu verstecken, als schon der Kapitän die Anker lichten ließ und in See stach. Matthes sah ein, daß er bis zu Tagesanbruch einen Grund für seine Anwesenheit an Bord ersinnen mußte, dafern er nicht Gefahr laufen wollte, ans Land gesetzt zu werden. Er mußte unbedingt seine Aussage so einrichten, daß man ihm erlaubte, auf dem Schiffe zu bleiben.

„Demgemäß tischte er dem Kapitän eine ganz wahrscheinliche Geschichte auf, und erzählte, er sei in eine Schlägerei verwickelt worden, bei welcher er seinem Gegner einen Messerstich versetzt, und habe sich dann an Bord des Schiffs geschlichen, um in der Finsterniß der ihn verfolgenden Polizei zu entrinnen. Er bat den Kapitän, mitsegeln zu dürfen, möge die Fahrt gehen, wohin sie wolle, und erbot sich dafür zu allen Verrichtungen, welche sein hölzernes Bein ihm auszuführen gestattete.

„Der Kapitän ließ ihn bleiben. Es dauerte nicht lange, so erfuhr er, daß das Schiff die englische Küste anlaufen und dann nach Amerika gehen sollte. Es befanden sich an Bord mehrere Passagiere und darunter einer, welcher seine Koje niemals verließ, und zwar aus dem einfachen Grunde, weil der Kapitän den Schlüssel abgezogen hatte.

„Daß dieser Passagier Gurli sei, betrachtete Matthes als eine ausgemachte Sache, weil er alle übrigen gesehen hatte.

„An der englischen Küste angelangt, ging das Schiff an einem finstern, regnerigen Abend vor Anker. Alle Passagiere an Bord schliefen; Matthes aber war wach und spähte. Die große Schalupe ward ausgesetzt. Gleich darauf sah Matthes den Kapitän mit einer in mehrere Mäntel gehüllten Frauengestalt auf den Armen aus dem Schiffsraum heraufkommen. Diese Gestalt ward in die Schalupe hinabgetragen, worauf diese vom Schiff abstieß.

„Ohne einen Augenblick zu versäumen, ließ Matthes sich in die Jolle hinunter, welche auf der andern Seite des Schiffs lag, und landete gleichzeitig mit der großen Schalupe an der englischen Küste, obschon in einiger Entfernung von der Stelle, wo die Schalupe angelegt hatte.

„Am Strande wartete ein Wagen, und in diesen ward die in Mäntel gehüllte Gurli gehoben, worauf der Kapitän, froh, der weitern Verantwortlichkeit enthoben zu sein, auf sein Schiff zurückeilte, um die Reise über den Ocean fortzusetzen.

„Als der Wagen sich in Bewegung setzte, gelang es Matthes, sich hinten an demselben anzuklammern.

„Die Fahrt ging sehr langsam, weil es eine gute Meile lang keine ordentlich gebahnte Fahrstraße gab.

„Nach Verlauf von einigen Stunden hielt der Wagen vor einem alleinstehenden Hause.

„Matthes kroch von dem Hintersitz des Wagens herunter, und legte sich am Fuße eines Baumes auf die Erde nieder.

„Die Thür des Wagens öffnete sich, und eine Frau von großem, starkem Wuchse stieg heraus. Sie näherte sich der Thür und pochte dreimal. Es vergingen einige Augenblicke, dann ward geöffnet und ein Mann trat heraus.

„Die Frau wechselte einige Worte mit ihm, und dann näherte er sich dem Wagen, hob die Frauengestalt heraus und trug sie in das Haus hinein, worauf die Thür sich wieder schloß und der Wagen fortfuhr.

„Matthes erhob sich und begann zu überlegen, was zu thun sei.

„Er bereute jetzt, daß er seinen Verdacht nicht Tante Katharine mitgetheilt. Er brachte die Nacht in der furchtbarsten Angst zu. Ohne Geld, ohne Ortskenntniß, ohne Bekannte und mit sehr unbedeutender Kenntniß der Landessprache sah er jetzt erst ein, welchen ungenügenden Vertheidiger Gurli an ihm hatte.

„Nachdem er die ganze Nacht hindurch überlegt, was er beginnen solle, und nachdem sein aus einem Schiffszwieback, den er in die Tasche gesteckt, bestehender Mundvorrath aufgezehrt war, beschloß er, an die verschlossene Thür zu pochen und um etwas zur Stillung seines Hungers zu betteln.

„Es war zeitig am Morgen, als er an die Hofthür des Hauses pochte, in welches man Gurli gebracht.

„Die Thür ward endlich von einer dicken Magd, mit rothem Haar und dummem Gesicht, geöffnet. Matthes suchte ihr in gebrochenem Englisch begreiflich zu machen, daß er Hunger habe und etwas zu essen begehre. Sie sah ihn nur mit einem dummen Blick an, und wollte, weil sie von dem, was er sagte, kein Wort verstand, die Thür wieder schließen; aber dies gestattete Matthes nicht. Ehe das Mädchen es sich versah, schob er sie auf die Seite und trat in den Hof.

„Die Magd öffnete den Mund und wollte um Hülfe rufen; Matthes aber legte ihr seine große Faust auf die Lippen und schloß dieselben, indem er ihr zugleich gebot zu schweigen, dafern ihr das Leben lieb wäre.

„Endlich gelang es ihm, ihr begreiflich zu machen, daß er weiter nichts wünschte, als etwas zu essen zu bekommen. Das Mädchen eilte in die Küche und gab ihm, was sie gerade an Eßwaaren zur Verfügung hatte.

„Während Matthes es sich tüchtig schmecken ließ, hörte man plötzlich eine gellende Stimme, welche von der Treppe herab Lisbeth rief. Matthes retirirte sich in einen Winkel, flüsterte aber Lisbeth vorher zu, daß sie seine Anwesenheit mit keinem Worte verrathen solle.

„Das arme Mädchen gehorchte dem Rufe mit erschrockener Miene, und Matthes hörte, daß man droben mit großer Heftigkeit sprach, worauf zwei Personen die Treppe herunterkamen.

„Matthes faßte seinen Knotenstock, fest entschlossen, sich zu vertheidigen, wenn man ihn angriffe; zu seinem großen Erstaunen aber gingen die Sprechenden hinaus auf den Hof, und er sah dieselbe große, starke Frau, welche in der vergangenen Nacht aus dem Wagen gestiegen, in Begleitung eines Mannes zum Hofe hinausgehen.

„Lisbeth kam, nachdem sie die Thür hinter den Fortgehenden verschlossen, in die Küche zurück. Sie wollte nun Matthes bewegen, seiner Wege zu gehen, ehe ihre Herrin wiederkäme, weil sie sonst Scheltworte und Schläge bekäme; aber Matthes ließ sich dadurch nicht rühren. Er blieb unbeweglich in seinem Winkel, während er die Unruhe des Mädchens, daß man ihn entdecken könne, zu beschwichtigen suchte, und ihr versicherte, daß, dafern sie nur Schweigen bewahrte, durchaus keine Gefahr zu besorgen sei.

„Drei ganze Tage blieb Matthes zum Entsetzen des Mädchens ihr Gast, ohne daß er jedoch während dieser Zeit zu erforschen vermocht hätte, ob und wo Gurli in diesem Haus versteckt wäre.

„Lisbeth wußte nichts. Sie hatte niemand gesehen und konnte keine Auskunft geben, was in dem Hause vorginge, weil ihr fast niemals erlaubt ward, weiter hinaufzukommen, als auf den Vorsaal der ersten Etage.

„Am vierten Abend, als alles still war, schlich Matthes sich hinaus auf den Hof, und begann um das hohe Haus herumzuwandern und alle Fenster zu mustern.

„Hoch oben am Dachsimse auf der hintern Seite des Hauses entdeckte er eine Reihe niedrige, mit Glasscheiben versehene Bodenluken. Auf der Vorderseite hatte das Haus keine solchen.

„Die Strahlen des Mondes fielen auf die kleinen Fenster, und es kam Matthes vor, als ob er an einem derselben sich etwas bewegen sähe. Er blieb unbeweglich stehen, und heftete seinen Blick unverwandt auf die kleine Dachluke.

„Er konnte nicht länger bezweifeln, daß sich ein lebendes Wesen hinter derselben befand. Es sah aus, als ob ein paar Hände sich, obschon vergebens, bemühten, das Fenster zu öffnen.

„Eine gute Stunde verging. Endlich ging das Fenster auf, und Matthes sah einen Kopf sich herausneigen und herunterschauen, wie um die Entfernung bis zur Erde zu ermessen.

„Das Licht des Mondes fiel auf diesen Kopf, und Matthes erkannte das goldlockige Haar seiner frühern Wohlthäterin. Ohne die Folgen dessen, was er that, zu berechnen, rief er Gurli beim Namen.

„Ihr Blick fiel auf den, welcher gerufen. In hastigem Tone erzählte Gurli ihm nun, daß man sie da oben gefangen hielte, daß sie schon seit ihrer Ankunft das Fenster vergebens zu öffnen gesucht, um durch dieses hinauszukommen, daß ihr dieses Oeffnen erst diese Nacht gelungen sei, und daß das Fenster, wie sie nun zu ihrer Bestürzung sähe, viel zu hoch sei, als daß sie sich hinablassen könnte. Sie bat daher Matthes, sich sofort aufzumachen und den schwedischen Consul in der nächsten Stadt von dem Vorgefallenen zu unterrichten.

„«Aber wie soll ich dorthin kommen?» sagte Matthes; «ich habe kein Geld.»

„«Verkaufe dies da!» rief Gurli, und warf ihm einige Schmuckgegenstände herunter.

„Matthes, welcher sich jeden Abend des Pfortenschlüssels bemächtigt, eilte hinaus und begab sich auf die Landstraße, um den Weg nach der nächsten Stadt zu erfragen.

„Ein Fuhrmann sagte ihm, daß diese Stadt London sei. Hier war Matthes in jüngern Jahren, als er auf einem nach England segelnden Schiff diente, oft gewesen.

„Mit frischem Muth begab er sich daher nach der großen Stadt; aber ein grausames Misgeschick wollte, daß er, dem das Gehen schwer fiel, von einem Wagen überfahren und so beschädigt ward, daß man ihn in ein Krankenhaus bringen mußte.

„Monate vergingen, ehe er soweit wiederhergestellt ward, daß er mit Hülfe der Krankenwärterin einen Brief an Stephan schreiben lassen konnte, worin er diesem die Ursache seines Verschwindens, seine Anwesenheit in England und das Misgeschick erzählte, welches ihn getroffen.

„Diesen Brief erhielt Stephan erst in den letzten Tagen des Februar. Ich lag damals krank; Stephan aber hatte infolge meines Argwohns in Birgersborg genaue Erkundigungen über die einzelnen Umstände vor und nach Gurli's Abreise eingezogen.

„Ebenso hatte er mit der größten Genauigkeit die Briefe an den Bürgermeister und den Inspector in Augenschein genommen, und war zu der Ueberzeugung gekommen, daß sie nicht von Gurli's Hand geschrieben, sondern gefälscht seien.

„Nachdem er diese Gewißheit erlangt, nahm er Lotta ins Verhör und setzte ihr so scharf zu, daß sie, erschreckt durch seine Drohung, sie zur gerichtlichen Untersuchung ziehen zu lassen, gestand, daß sie von Grönlund bewogen worden, ihn von allem, was Gurli vorgenommen oder gesagt hätte, in Kenntniß zu setzen.

„Eben war es Stephan gelungen, dieses Bekenntniß von ihr zu erhalten, als er denselben Tag den Brief von Matthes' Krankenwärterin erhielt.

„Er schickte Lotta sofort in ihren Heimatsort und bedeutete sie, daß er sie, dafern sie sich auf irgendeine Weise mit Grönlund in Berührung setzte, sofort als an dem Verschwinden ihrer Gebieterin mitschuldig, in Criminaluntersuchung nehmen lassen werde. Dann begab er sich nach England.

„In Birgersborg und Breddal wußte jedoch niemand etwas davon, daß er ins Ausland gereist sei, denn er hatte in diesem Punkte die strengste Verschwiegenheit beobachtet. Er fürchtete, daß die Kunde davon zu Madame Teverino's oder Grönlund's Ohren kommen und Gurli's Versetzung von dem Ort, an welchem sie jetzt gefangen gehalten ward, zur Folge haben könne.

„Bei seiner Ankunft in England war sein erster Schritt, Matthes aufzusuchen, der sich noch in dem Krankenhaus befand.

„Sobald er dieses verlassen konnte, begab Stephan sich mit ihm nach dem einzelnen Hause, wo er dreimal an die Pforte pochte, wie nach Matthes' Erzählung die große, starke Frau gethan, als sie mit Gurli hier angelangt war.

„Die Pforte öffnete sich auch sofort, und Stephan reichte der Magd ein Blatt, welches er aus seiner Brieftasche gerissen und worauf er geschrieben:

„«Ein Abgesandter von Madame Teverino wünscht Mistreß Smith zu sprechen.»

„Stephan hatte sich, ehe er das Haus betrat, nach dem Namen der Eigenthümerin erkundigt. Es dauerte einige Minuten, und dann erschien Mistreß Smith selbst und bat ihn einzutreten.

„Sie führte ihn in ein Zimmer des Erdgeschosses.

„«Also Sie kommen von Madame Teverino. Was haben Sie mir mitzutheilen?» fragte sie.

„«Verschiedenes, was Ihre Gefangene betrifft.»

„Stephan warf sofort die Maske ab und erklärte, wenn man ihm die Dame, welche sich seit dem Monat November in diesem Hause befände, nicht sofort ausliefere, so werde er die Hülfe der Polizei in Anspruch nehmen und das Haus durchsuchen lassen.

„Stephan sprach mit solcher Bestimmtheit, daß Mistreß Smith es für das Räthlichste hielt, zu capituliren und sich womöglich mit Gewinn und ohne Einmischung der Polizei aus dem Spiele zu ziehen.

„Das Resultat hiervon war, daß Mistreß Smith Stephan nach dem Gemach führte, in welchem Gurli verwahrt gehalten ward.

„Es war dies ein kleines Kämmerchen hoch oben auf dem Dachboden, mit einer Luke als Fenster.

„In diesem Raume hatte Gurli vier Monate verlebt. Nur ihre starke Körperconstitution und ihr energischer Charakter hatte sie bei Gesundheit und Geisteskraft erhalten, und es war dies um so mehr zu verwundern, als sie zu der Zeit, wo sie in dieses Gefängniß gesperrt ward, kaum erst von der Beschädigung wiederhergestellt war, welche sie bei jenem Wagensturz erlitten.

„Allerdings war sie bleich und abgemagert; dessenungeachtet aber verrieth der Ausdruck ihres Gesichts, daß sie den Muth und das feste Vertrauen auf einen höhern Schutz nicht einen Augenblick verloren hatte.

„Von dem ersten Augenblick an, wo sie an Bord des Schiffs bemerkte, daß sie das Opfer einer niedrigen Intrigue war, hatte sie einen einzigen Gedanken gehabt, nämlich, wie sie die Freiheit wiedererlangen könne. Stephan hatte gefürchtet, sie krank und leidend wiederzufinden, und war daher überrascht, in jedem ihrer Züge zu lesen, daß sie dem Mismuth und der Verzagtheit keinen Zutritt in ihre Seele gestattet hatte.

„Als sie Stephan erblickte, rief sie:

„«Die Stimme meines Herzens täuschte mich also nicht, als sie mir zuflüsterte, daß du mein Befreier sein würdest.»

„«Mich aber hat meine Unruhe getäuscht, denn ich fürchtete, daß diese deiner Freiheit angethane Gewalt dir Gesundheit und Gemüthsruhe kosten würde», antwortete Stephan und drückte Gurli die Hände.

„«Glas bricht, aber biegt sich nicht, Stephan», fiel Gurli ein. «Meine Seele kann wol zermalmt, aber nicht niedergebeugt werden.»

„Ohne einen Blick auf Mistreß Smith zu werfen, setzte Gurli, als Stephan sie von dem Dachboden, auf welchem ihre Wohnung gewesen, herunterführen wollte, hinzu:

„«Ich verlasse diesen Ort nicht eher, als bis das Wesen, welches zugleich mit mir hier eingesperrt worden, ebenfalls die Freiheit wiedererhält. Ich weiß, daß es hier eine Unglückliche gibt, welche leidet; denn ich habe des Nachts, wenn alles ruhig und still war, Seufzer und Schluchzen gehört, und mir fest vorgenommen, nicht eher von hier fortzugehen, als bis ich weiß, wer die Unglückliche ist, welche nur während der Nacht ihrem Schmerz Luft zu machen gewagt hat.»

„Es fand zwischen Stephan und Mistreß Smith eine abermalige Unterhandlung statt. Dieselbe dauerte jedoch nicht so lange wie die erste; denn die würdige Frau hatte schon bei sich beschlossen, ihre jetzige Wohnung zu verlassen und das Gefangenwärteramt niederzulegen. Sie wollte sich, um allen weitern Folgen zu entgehen, nach Frankreich begeben. Sie ließ sich deshalb ohne Mühe überreden, Gurli und Stephan nach dem Ort zu führen, an welchem Gurli's Unglücksgenossin sich befand.

„In einer Kammer, die noch kleiner war als die, welche Gurli bewohnt, lag eine der farbigen Menschenrasse angehörende Frau.

„Bei dem ersten Blick auf sie fühlten Stephan sowol als Gurli sich nicht wenig überrascht. Der Anblick des alten, farbigen Weibes erweckte die Erinnerung an die, welche bei Falkenstern's Tod erschienen war.

„Nach einigen Fragen, welche Gurli an sie stellte, überzeugten sich Stephan und Gurli, daß sie hier die so lange gesuchte Esther vor sich hatten. Ihre Geisteskrankheit war vollkommen gehoben; dagegen aber litt sie an einem abzehrenden Brustübel.

„Stephan brachte die beiden Befreiten nach London.

„Matthes' Freude, als er Gurli wiedersah, war außerordentlich. Er bedeckte ihre Hände mit Küssen und rief einmal über das andere:

„«Nun hab' ich mein Verbrechen, als ich Ihren Hund umbrachte, gnädige Frau, wieder gutgemacht. Nun kann ich vergnügt und zufrieden zu meinen Kindern zurückkehren, denn nun habe ich in meinem Leben doch einmal etwas Gutes ausgerichtet!»

„Gurli, welche sich in Mistreß Smith's Bosheit und ihren hoffnungslosen Aufenthalt bei dieser Frau mit unerschütterlicher Gemüthsstärke gefügt, war dennoch wie niedergeschmettert, als sie hörte, daß Allon beschlossen, ihre Ehe zu lösen. Doch faßte sie sich wieder und nahm sich vor, nicht eher wieder nach Schweden zurückzukehren, als bis das Gesetz Allon des Bandes entledigt, welches ihn an sie fesselte.

„Esther's zunehmende Kränklichkeit machte es ohnehin unmöglich, daß Gurli sie verließe; denn es sah mehrere Wochen lang aus, als ob Esther ihre Freiheit blos wieder erlangt hätte, um zu sterben. Als es endlich mit ihr besser zu gehen anfing, war sie gleichwol so schwach, daß sie mehrere Wochen lang nicht sprechen konnte, und es dauerte daher lange, ehe sie im Stande war, Gurli ihre Lebensschicksale zu erzählen."

Siebzehntes Kapitel.

„Das Klügste von allem, was ich gehört, war, daß Gurli sich entschloß, die Ehescheidung vollziehen zu lassen“, bemerkte Tante Katharine, als Walter schwieg. „Es wäre mir im höchsten Grade ärgerlich gewesen, wenn sie derselben ein Hinderniß in den Weg hätte legen wollen.“

„Gott weiß es“, fiel Gurli nachdenklich ein, „ich fürchte, daß ich diesmal, wie stets, zu hastig urtheilte, und meine verletzte Eigenliebe das Wort führen ließ, besonders da ich nun weiß, daß Allon sich erst entschloß, nachdem ihm der gefälschte Brief von mir eingehändigt worden. Zu meiner Entschuldigung muß ich gleichwol anführen, daß ich argwohnte, Allon sei bei meiner Entführung Mitwisser und Mitschuldiger gewesen. Jetzt dagegen bin ich überzeugt, daß dem nicht so ist, und deshalb ist es mir oft vorgekommen, als ob ich unrecht gehandelt hätte, weil ich nicht sofort nach meiner Befreiung nach Schweden reiste und eine Erklärung von ihm selbst verlangte.“

„Ach, paperlapap!“ meinte Tante Katharine ungeduldig. „Es wäre dir wol lieber, wenn du diesen Menschen nochmals auf dem Halse hättest, und dich von ihm ruiniren lassen müßtest? Nein, nein, es ist ganz recht, daß Beate und er das, was sie eingebrockt, auch ausessen müssen, das muß ich sagen."

Gurli runzelte die Stirn und unterbrach die Alte mit den Worten:

„Wir wollen nicht von Allon sprechen. Wenn er gefehlt hat, so ist dies auch von mir geschehen. Es wäre eine grausame Ungerechtigkeit, die Schuld an unserer unglücklichen Ehe auf ihn allein zu wälzen. Ich bitte daher, Tante, mir deine Freundschaft dadurch zu beweisen, daß du kein verletzendes Urtheil über Allon fällst."

„Nein, nein, ich kann schon schweigen; aber ein Bube ist er doch, und ist es von jeher gewesen. Das muß ich sagen."

„Amen!" fiel Walter mit seinem schlauen Lächeln ein. „Und nun, Tante Katharine, bleibt mir nur noch zu erzählen übrig, wie das Schicksal Madame Teverino und Gurli zusammenführte. Nicht wahr, darüber wünschten Sie Auskunft zu erhalten?"

„Ja wohl, versteht sich", sagte Tante Katharine und ließ ihre Daumen tanzen; denn es hatte sie ein wenig verdrossen, daß Gurli den „Buben" Allon in Schutz nahm.

„Damit verhielt es sich folgendermaßen", hob Walter wieder an. „Während Gurli's Aufenthalt in Paris, im letzten Jahre vor ihrer Verlobung, wohnte sie in einem Hotel der Rue de la Paix. Am ersten Abend, wo sie diese Wohnung innehatte und sich eben zur Ruhe begeben wollte, hörte sie eine sehr wohllautende Stimme eine Arie aus einer bekannten Oper singen.

„Betroffen von der schönen Stimme lauschte Gurli dem Gesange, welcher aus dem anstoßenden Zimmer kam, und fühlte sich von demselben, je länger sie zuhörte, immer mehr und mehr gefesselt.

„Am nächstfolgenden Morgen erkundigte sie sich, wer in dem Nebenzimmer wohne, und erfuhr, daß es eine italienische Sängerin sei, welche denselben Abend in der Großen Oper auftreten würde.

„Gurli ging in die Oper und hörte Signora Amy Teverino.

„Am nächstfolgenden Tage machte Gurli einen Besuch bei der Sängerin, um ihr ein Compliment zu machen, und ward von dem Eindruck überrascht, den ihr Name auf die Mutter, Madame Teverino, äußerte.

„Nachdem sie eine Weile über Musik u. s w. gesprochen, stellte die Mutter der Sängerin einige Fragen in Bezug auf Gurli's Familienverhältnisse, und endlich die, ob Gurli einen gewissen Bengt Falkenstern aus Amerika zu ihren Verwandten zähle.

„Gurli antwortete, daß sie dessen Stieftochter sei, bei welcher Mittheilung Madame Teverino sehr nachdenklich ward.

„Gurli fand dies alles sehr sonderbar, und die natürliche Folge hiervon war, daß sie die Ursache von Madame Teverino's Interesse für Falkenstern zu ermitteln suchte.

„«Haben Sie meinen Stiefvater gekannt?» fragte Gurli.

„Aus Madame Teverino's Gesichtsfarbe schloß sie, daß dieselbe nicht aus Italien sei, wie sie sagte, sondern aus Amerika stamme.

„«Ja und nein», antwortete Madame Teverino und erhob sich. «Ich bitte Sie», setzte sie hinzu, «thun Sie in Bezug auf ihn keine Fragen an mich, denn ich bin außer Stande, dieselben zu beantworten.»

„Gurli hütete sich wohl, zu fragen; während der fernern Bekanntschaft mit Madame Teverino entfielen derselben jedoch Worte, welche Gurli auf den Gedanken brachten, daß sie möglicherweise mit dem Verstorbenen verwandt sei, und daß sie in Madame Teverino die Person gefunden, die sie suche. Bestärkt wurde sie in dieser Vermuthung durch den Umstand, daß Madame Teverino einigemal von ihrer verstorbenen Mutter auf eine Weise sprach, welche Gurli auf den Gedanken brachte, daß die Frau, welche in Birgersborg erschienen, keine andere gewesen sei, als Madame Teverino's Mutter.

„Auf Grund dieser Vermuthungen und um womöglich etwas Licht in der Sache zu erlangen, machte Gurli den beiden Künstlerinnen den Vorschlag, den Sommer bei ihr auf Birgersborg zuzubringen.

„Um sie jedoch nicht die Beweggründe zu dieser Einladung ahnen zu lassen, stellte Gurli ihren Vorschlag so, daß sie die beiden Damen für den Sommer zu engagiren wünschte, um ein paar ausgezeichnete Talente bei sich zu haben.

„Madame Teverino schien auf Gurli's Vorschlag bereitwillig einzugehen. Sie wendete indessen ein, daß ihre Tochter unbedingt mehr verdienen würde, wenn sie sich in verschiedene europäische Hauptstädte begäben.

„Gurli verstand, daß Madame Teverino den Preis für ihr und Amy's Verweilen bei ihr zu steigern wünschte, und machte ihnen deshalb ein so vortheilhaftes Anerbieten, daß ihr Eigennutz dadurch zufrieden gestellt werden mußte.

„Gurli folgerte so, daß wenn sie durch diese beiden Personen das Geheimniß, welches sie quälte, erforschen könnte, sie dann die Entdeckung desselben nicht zu theuer bezahlt habe.

„Madame Teverino bat sich einige Tage Bedenkzeit aus, ehe sie sich erklärte.

„An demselben Tage, wo dies geschehen sollte, saßen Gurli und Elisabeth beisammen, und besprachen sich über dieses Arrangement, welches letztere misbilligte. Sie wünschte von Gurli eine Erklärung über den Grund dieser Handlungsweise zu hören.

„Es war Abend. Sie befanden sich in einem Cabinet, aus welchem man in den Salon gelangte. Die Dunkelheit hatte sie überrascht, ohne daß sie darauf Acht gaben.

„Gurli erzählte Elisabeth den Argwohn, den sie in Bezug auf Madame Teverino hegte. Hiervon kamen sie dann auf Falkenstern zu sprechen.

„In demselben Augenblick, wo das Gespräch diese Wendung nahm, trat Madame Teverino in den Salon, um Gurli die versprochene Antwort auf den gemachten Antrag zu geben. Bei Falkenstern's Namen blieb sie stehen, um zu erlauschen, was gesprochen würde. Dies ward ihr sehr leicht, weil Elisabeth und Gurli englisch sprachen. Mit gespanntem Interesse hörte sie Gurli sagen:

„«Du mußt wissen, beste Elisabeth, daß mein Stiefvater einmal während seiner letzten Krankheit in einem Anfall von Delirium sagte: ‚Wenn sie und ihr Kind die Papiere fänden, welche ich in diesem alten Eulennest versteckt habe, so fiele ihnen mein ganzer Reichthum zu; aber sie werden niemals entdecken, wo der Beweis, daß das Vermögen ihnen gehört, zu finden ist.‘ Er schwieg, und ich neigte mich zu ihm herab und fragte: Von welchen Papieren sprichst du, Papa? Bei diesen Worten schlug er die Augen auf, sah mir gerade ins Gesicht und murmelte: ‚Ich weiß von keinen Papieren.‘ Dann legte er sich auf die andere Seite und war nicht zu bewegen, weiter etwas zu sagen. Diese Worte sind mir seit seinem Tod und dem Erscheinen der dunkelfarbigen Frau nicht wieder aus den Gedanken gekommen. Ich habe ganz Birgersborg durchsucht, um die Papiere zu finden, von welchen er sprach, aber vergebens. Ich habe Walter gefragt, und mir Mühe gegeben, ihn auszuhorchen; aber ebenso vergeblich, und gleichwol bin ich überzeugt, daß in dem, was mein Stiefvater in einem Zustande von Sinnesverwirrung sagte, etwas Wahres lag.»

„Hier ward Gurli durch ein heftiges Niesen in dem Salon unterbrochen. Madame Teverino war durch einen sie plötzlich überraschenden Anfall von Niesen des Vergnügens beraubt worden, etwas Weiteres zu hören. Sie war wüthend auf sich selbst, faßte sich aber und trat in das Cabinet.

„Jetzt war es nicht mehr blos der pecuniäre Vortheil, welcher sie bewog, Gurli's Antrag anzunehmen, sondern auch die Aussicht, jene Papiere zu finden, von welchen Esther gesprochen und durch welche Esther und Teverino's Tochter in den Besitz eines Vermögens gelangen konnten.

„Sie kam demgemäß mit Gurli überein, daß sie und Amy im Monat Juli sich auf Birgersborg einfinden sollten, um den noch übrigen Sommer dort zu verleben und durch ihre musikalischen Talente der Besitzerin dieses großen Herrnsitzes die Zeit zu vertreiben.

„Gurli beabsichtigte nach dieser Uebereinkunft nur noch ganz kurze Zeit in Paris zu verweilen, als ein neuer Umstand sich ereignete, welcher ihren Aufenthalt hier ein wenig verlängerte.

„Den letzten Abend, wo Amy in der pariser Oper auftrat, war Gurli darin gewesen und hatte sie gehört. Eben wollte sie, aus der Oper zurückgekehrt, die Treppe nach ihrer Wohnung hinaufgehen, als ein armselig gekleideter Mann zur Hausthür hereingestürzt kam und nach Signora Teverino fragte. Der Portier wollte ihn wieder hinausweisen; er erklärte aber, er sei der Vater der Sängerin.

„Bei dieser Erklärung des schlecht gekleideten Mannes drehte Gurli sich um, um ihn zu betrachten.

„Der Portier fühlte sich, trotz der Erklärung des Mannes, stark versucht, ihn dennoch wieder zur Hausthür hinauszuschieben, und Gurli öffnete eben den Mund, um einige Fragen zu thun, als in diesem Augenblick die Lampe auf der Treppe verlöschte, und jemand Gurli am Arm faßte und ihr in zitterndem Tone zuflüsterte:

„«Um Gottes willen, sagen Sie nicht, daß Sie wissen, wo ich bin. Dieser Mensch ist mein Vater; ich bin unglücklich, wenn er mich sieht. Sie retten mir mehr als das Leben, wenn sie ihn entfernen wollen.

Gern will ich ihm alles geben, was ich habe, dafern ich nur seinen Verfolgungen entrinne.

„Gurli erkannte Amy's Stimme.

„Gurli bat Amy, sich zu beruhigen, und versprach, Teverino zu entfernen. Hierauf kehrte sie hinunter zu dem Portier zurück, welchen Teverino jetzt im Begriff stand, mit Gewalt auf die Seite zu drängen, indem er wiederholt erklärte, er müsse hinauf zu der Sängerin. Gurli kam eben noch zur rechten Zeit, um Gewaltthätigkeiten ernsterer Art zuvorzukommen. Sie rief Teverino zu:

„«Wenn Sie Signora Teverino suchen, so können Sie dieselbe nicht eher als morgen treffen; wenn Sie aber dann sich hier einfinden, so wird sie Sie empfangen. Ich vermuthe, daß Sie die Wahrheit sprechen, wenn Sie der Vater der Signora zu sein behaupten.»

„«Ja wohl, und deshalb will ich mein Kind sofort sprechen», fiel Teverino ein. «Ich komme eben aus Amerika, blos um das Vergnügen zu haben, meine Tochter zu sehen und zu sprechen.»

„«Wenn dies der Fall ist, mein Herr, so folgen Sie mir», sagte Gurli ganz ruhig.

„Der Portier ließ nun den Vagabunden passiren, und dieser folgte Gurli.

„Gurli führte ihn hinauf in ihr Cabinet. Nachdem sie die Thür verschlossen, erklärte sie, daß Amy, welche erfahren, daß er in Paris sei, schon diesen Abend die Stadt verlassen habe und daß er sie folglich hier nicht finden könne. Dagegen hätte sie, Gurli, sich anheischig gemacht, ihm eine Summe Geld zu übergeben und sich nach seiner Adresse zu erkundigen, weil Amy die Absicht hätte, ihm eine jährliche Unterstützung zu gewähren, dafern er sich verbindlich machte, sie nicht aufzusuchen oder zu verfolgen.

„Entblößt von dem Nothwendigsten, ausgehungert und ohne einen Heller in der Tasche, ward Teverino, bei der ihm eröffneten Aussicht auf Geld, zahm wie ein Lamm, und als Gurli ihren Worten die That folgen ließ und ihm eine gefüllte Börse überreichte, bestand er weiter nicht darauf, seine Tochter selbst zu sprechen.

„Dagegen versprach er, den nächstfolgenden Tag wiederzukommen und seine Adresse mitzutheilen.

„In der Nacht reisten Madame Teverino und Amy von Paris ab nach London, und Gurli versprach letzterer, mit Teverino ein Abkommen zu treffen, sodaß sie seine Verfolgungen nicht mehr zu fürchten brauchte.

„Am nächstfolgenden Morgen fand aber Teverino sich nicht ein, sondern es kam ein Bote von ihm. Er war krank geworden und wünschte seine Tochter zu sprechen.

„Gurli begab sich schleunigst zu dem armen Abenteuerer, und fand ihn in einem höchst beklagenswerthen Zustand. Er war nicht mehr richtig bei Verstande, sondern sprach verworrenes Zeug. Der Arzt erklärte, er habe einen Anfall von Säuferwahnsinn. Es blieb daher weiter nichts zu thun übrig, als ihn in ein Hospital zu schaffen, was Gurli auch that.

„Gleichwol blieb sie noch ein paar Wochen länger in Paris, als sie beabsichtigt hatte, um zu erfahren, ob er wiederhergestellt werden könnte.

„Einen Monat nach seinem Wiedererscheinen in Frankreichs Hauptstadt ward er begraben, und Amy war sonach von dem bösen Genius ihres Lebens auf immer befreit. Gurli hatte ihr sogleich bei seinem Erkranken Nachricht gegeben, und meldete ihr nun auch seinen Tod und sein Begräbniß. Kurz darauf verließ Gurli Frankreich.

„Als ich“, fuhr Walter nach einer Pause fort, „Madame Teverino in Birgersborg erblickte, erwachte bei ihrem Anblick in mir die Erinnerung an eine junge Sklavin, Namens Nanny, die ein paar Jahre älter war als Esther und mit welcher ich zusammen aufgewachsen.

„Gleich auf den ersten Blick war ich vollkommen überzeugt, daß sie Nanny's Tochter sei, und ich entsann mich ganz genau, daß Nanny mit einem Mulatten verheirathet gewesen, welcher Bengt gehört und sich durch ungewöhnliche musikalische Anlagen ausgezeichnet hatte.

„Ich theilte daher Gurli's Ansicht in Bezug auf Madame Teverino nicht.

„Auch ward mir bald klar, daß diese Frau eine kecke Abenteuererin war, und ich beschloß daher, sie genau zu beobachten.

„Mein Argwohn ward bestärkt, als ich entdeckte, daß sie des Nachts umherschlich, als ob sie etwas suchte.

„Diese meine Wachsamkeit verschaffte mir Gelegenheit, mich des unter dem Kamin eingemauerten Etuis mit den Briefen zu bemächtigen.

„Durch diese Briefe, durch welche die, welche sie Esther gestohlen, vervollständigt wurden, wäre es ihr gelungen, ihren Betrug auch ohne Trauschein und Taufzeugniß auszuführen, weil außer den Briefen sich ein Papier dabei befand, welches Bengt's Vermählung mit Esther besprach, und einen vollständigen Bericht über alle mit dieser Vermählung zusammenhängende Einzelheiten, sowie den Namen und die Adresse des Geistlichen enthielt, welcher die Trauung vollzogen.

„Dieses kostbaren Fundes beraubte ich sie; aber es blieb Gurli vorbehalten, das Medaillon zu finden, welches Bengt zum Geschenk für Esther bei seiner Rückkunft bestimmt, und in welches er deshalb jenes kostbare Geheimniß eingeschlossen.

„Gurli hätte vielleicht Madame Teverino gegenüber verschiedene Unvorsichtigkeiten begangen und dem Interesse der Intriguantin in die Hände gearbeitet, wenn ich nicht so bestimmt mit der Behauptung gegen sie aufgetreten wäre, daß sie nicht die Person sei, für welche sie sich ausgab.

„Die Reise, welche ich später nach Amerika machte, war nur geeignet, meine Zweifel zu bestärken, und ich konnte aus dem Inhalt des Briefes, den ich gefunden, mit leichter Mühe schließen, daß die Frau, welche wir suchten, niemand anders sei als meine Schwester. Madame Teverino war viel zu dunkelfarbig, um Esther's und Falkenstern's Tochter sein zu können, und als ich obendrein von James, der damals noch lebte und alter Plantagenbesitzer war, erfuhr, daß Esther's Tochter an einen ganz andern Käufer als den, welcher die Mutter gekauft, verhandelt worden, stand meine Ueberzeugung sofort fest.

„James erzählte zugleich, daß Nanny mit ihrem Kind und Esther an eine und dieselbe Person verkauft worden seien. Ein Umstand, welcher inzwischen das Verhältniß ein wenig verwickelte, war Nanny's Tod und daß Juana später allgemein für Esther's Tochter angesehen ward. Es war daher schwer, rechtsgültig zu beweisen, wessen Kind Juana eigentlich war, dafern es nicht gelang, Esther ausfindig zu machen.

„Wäre James nicht gestorben, so würde es Madame Teverino schwerlich gelungen sein, ihren Betrug auszuführen. Er war der Einzige, welcher die Verhältnisse genau kannte, und mit dessen Ableben die Nachforschungen schwieriger wurden.

„Hierzu kam, daß Mistreß Smith's Sohn, welcher Madame Teverino's Agent und beauftragt war, mich während meines Verweilens in London im Auge zu behalten und womöglich unschädlich zu machen, in der That meine Nachforschungen auf einige Zeit zu unterbrechen verstand.

„Gerade nämlich, als ich Esther's Spur gefunden zu haben glaubte, und so weit gekommen war, daß ich auch Mistreß Ewert entdeckt, traf es sich, daß ein Herr, den ich nicht kannte, der mir aber schon oft in den Weg gekommen, in demselben Omnibus mit mir Platz nahm. Als er seine Börse herausziehen wollte, war dieselbe nicht da. Er machte großen Lärm deswegen, sämmtliche Passagiere fühlten sich dadurch beleidigt und schlugen vor, sich durch einen Constabler, welcher sich unter der Zahl der Passagiere befand, visitiren zu lassen, und siehe da, die angeblich verlorene Börse fand sich in meiner Rocktasche. Ich war demzufolge so gut wie auf frischer That eines Diebstahls ertappt.

„Man nahm nun auch in meiner Wohnung eine gründliche Haussuchung vor, und fand darin verschiedene Effecten, welche alle Mr. Smith gehörten, und worunter sich auch eine silberne Tabacksdose befand. Ich ward natürlich als Dieb behandelt und mußte ziemliche Zeit im Gefängniß zubringen, in welchem ich wahrscheinlich jetzt noch säße, wenn nicht Stephan in London angekommen wäre. Dieser erkundigte sich sofort, was aus mir geworden sei, und erfuhr in meiner ehemaligen Wohnung, daß die Polizei dagewesen sei und ich als Dieb gefangen säße.

„Er besuchte mich im Gefängniß, und einige Zeit darauf ward ich wieder auf freien Fuß gesetzt. Mit verdoppeltem Eifer nahm ich nun die ununterbrochenen Nachforschungen wieder auf, weil ich nun einsah, daß die ganze Diebstahlskomödie von Mr. Smith in Madame Teverino's Interesse ersonnen und ausgeführt worden war.

„Mit vieler Mühe gelang es mir auch, verschiedene Beweise zu sammeln, daß Madame Teverino nicht Esther's Tochter sei, und daß Esther aller Wahrscheinlichkeit nach noch lebte, obschon es mir noch nicht gelungen war, darüber völlige Gewißheit zu erlangen. Ich hatte sowol mit Mistreß Ewert als mit Miß Low Bekanntschaft gemacht; ich hatte mir das Vertrauen desselben Mr. Smith, der gegen mich complotirt, erkauft, und kehrte dann nach Schweden in der festen Ueberzeugung zurück, daß ich mit Erfolg einen Proceß gegen Madame Teverino anhängig machen und gegen sie den Beweis führen könne, daß sie weiter nichts sei als eine kecke Abenteuerin. Die Ereignisse fügten gleichwol, daß der Ausgang ein anderer war, und dies war ebenso gut.

„Nun, beste Tante Katharine, habe ich alles berichtet,

was geschehen ist. Sie wissen bereits, daß Esther nur etwas über ein Jahr das Glück genoß, ihre Tochter und ihren Bruder wiedergefunden zu haben. Sie schloß aber doch ihr trauriges Leben von liebender Fürsorge umgeben, und hauchte ihren letzten Seufzer in Elisabeth's Armen aus. Frieden über Esther's Asche, welche jenseit des Oceans in derselben Gruft wie die des wirklichen Bengt Falkenstern ruht, wohin Elisabeth die irdischen Ueberreste ihrer Mutter bringen ließ."

Achtzehntes Kapitel.

Der Maiabend war mild und die Dämmerung sank wie ein durchsichtiger Schleier über die Werke des Tages herab. Die Vögel zwitscherten noch im Walde und lockten die Genossinnen, welche noch zögerten, ins Nest zurückzukehren.

Die Sonne war in das Abendroth des Westens hinabgesunken. Auf Birgersborg hatte ein jeder sich in sein Zimmer begeben, um zu schlafen, oder über das, was Walter erzählt, nachzudenken.

Gurli that keins von beiden, sondern wandelte langsam den schmalen Waldweg entlang, welcher nach der Kirche führte. Wie oft war sie diesen Weg gegangen, und unter wie verschiedenen Verhältnissen!

Die Ereignisse, welche sie durchlebt, zogen jetzt an ihrer Seele vorüber. Alle jene stürmischen, schmerzlichen, unruhigen und widerstreitenden Gefühle, welche sie auf diesem Wege, welcher zu dem Grab ihrer Mutter führte, vorwärts getrieben, um eine innere Harmonie zu suchen, welche ihr fast stets versagt war, traten jetzt wieder vor ihre Erinnerung.

Als trauernde Tochter war sie dorthin gegangen, um

die geliebte Mutter zu beweinen; als junges Mädchen war sie, ihres eigenen Innern unsicher, hingegangen, um Ruhe und Erleuchtung, wie sie handeln solle, zu suchen; als unglückliche, gekränkte Gattin hatte sie hier Trost und Seelenstärke gesucht; als geprüftes, still ergebenes Weib war sie, fest entschlossen, muthig mit den Leiden zu kämpfen, hierher gewallfahrtet, um zu beten und zu weinen, und jetzt — jetzt ging sie als geschiedene Gattin dahin, um demüthig zu erkennen, daß sie viel gefehlt und viel zu sühnen habe.

Ihre Verlobung und ihr Ehestand, ihre Scheidung und alles, was damit zusammenhing, erschien ihr jetzt wie ein schnell vorübergegangener Traum, und sie fragte sich, ob sie es wirklich sei, welche, erst zwanzig und einige Jahre alt, alles dies durchlebt, und ob nicht der größte Theil aller ihrer Leiden von ihr selbst hervorgerufen worden.

Die Erinnerung zeigte ihr, wie innig Allon sie einmal geliebt, und mit Demuth mußte sie erkennen, daß sie ihn niemals auf dieselbe Weise geliebt wie er sie.

Am Kirchhofe angelangt, blieb sie einen Augenblick stehen und lehnte sich an das Gitterthor.

Es kam ihr vor, als stünde Allon mit bleicher, verstörter Miene vor ihr und fragte, was sie mit seiner Liebe, seinem Glück und seinem Seelenfrieden gemacht habe.

Gurli war es in diesem Augenblick, als wünschte sie ihr Leben von neuem beginnen zu können, um die schwere Aufgabe, welche in den Pflichten einer Gattin liegt, auf bessere und edlere Weise zu lösen.

Nach Verlauf von einigen Minuten richtete sie das gebeugte Haupt wieder empor und flüsterte bei sich selbst:

„Es ist wahr, ich habe gefehlt, ich habe meinen Beruf misverstanden. Wenn ich aber auch Ströme von Thränen darüber weinte, so würden diese doch nicht hinwegtilgen können, was einmal geschehen. Darum hinweg mit allen weichlichen Klagen! Ich muß ein besseres Mittel finden, um wieder gutzumachen, was verbrochen worden. Am Grabe meiner Mutter will ich beten, und nachdem ich hier Trost und Stärke gefunden, wird der Höchste mich erleuchten, wie ich das, was ich gefehlt, sühnen kann."

Sie trat in den Kirchhof hinein und näherte sich dem Grabe. Als sie stehen blieb, erhob sich schnell jemand, der auf dem Grabhügel gesessen.

Es war ein Mann. Er stand jetzt Gurli gerade gegenüber, den Hut tief in die Stirn hereingezogen, sodaß es in diesem Dunkel unmöglich war, seine Züge zu unterscheiden.

Gurli war bei seinem Anblick einige Schritte zurückgewichen, im nächsten Augenblick aber eilte sie auf ihn zu und stammelte:

„Allon!"

„Ja, es ist Allon, der deine Ankunft erwarten wollte, um dir auf ewig Lebewohl zu sagen", sagte er in so bekümmertem Tone, daß Gurli's Herz erbebte. „Ich wußte", fuhr er fort, „daß du nicht unter dem Dach von Birgersborg schlafen würdest, ohne vorher diese heilige Ruhestätte besucht zu haben, und ich dachte, wenn es auf Erden einen Platz gäbe, wo du mir deine Verzeihung nicht verweigertest, so wäre es das Grab deiner Mutter. Ich habe deshalb mehrere Stunden hier gesessen und deine Ankunft erwartet. Schon morgen, Gurli, kehre ich Schweden den Rücken und trete die Reise nach Amerika an. Ich kann nicht mehr hier bleiben, ich muß fort; aber ich könnte nicht fortgehen, ohne deine Verzeihung erlangt zu haben."

Allon schwieg.

Gurli holte tief Athem. Sie legte die Hand auf das weiße Marmorkreuz, wie um sich aufrecht zu halten, und sagte, nachdem sie einige Augenblicke geschwiegen:

„Allon, ich habe nichts zu verzeihen. Auch ich habe gefehlt und dir ebenso viel abzubitten wie du mir.“

Sie reichte ihm die Hand und setzte mit Sanftmuth hinzu:

„Laß uns hier, umschwebt von dem Geist meiner Mutter, einander die Hand zur Versöhnung reichen. Wir wollen die Vergangenheit vergessen, und ohne Groll und ohne Bitterkeit scheiden.“

Allon ergriff Gurli's Hand, schloß sie in die seinige und murmelte:

„Du weißt nicht, wie schwer ich mich an dir vergangen.“

„Ich will es auch nicht wissen.“

„Aber du mußt, denn das einzige Gute, was meine Seele noch besitzt, ist das Gefühl, welches mich hierhergeführt, um vor dir zu bekennen, wie tief ich dich gekränkt. Gurli“, fuhr Allon in aufgeregtem Tone fort, „ich hatte Kenntniß von Madame Teverino's Plan, dich aus Schweden hinwegzulocken und in England gefangen zu halten. Ich wünschte auf diese Weise, ohne Schwierigkeit und öffentliches Aergerniß von dir geschieden zu werden.“

Allon schwieg, und Gurli sagte in bitterm Ton:

„Ich irrte mich also nicht, als ich argwohnte, daß du bei diesem niedrigen Anschlage die Hand mit im Spiele hättest.“

„Ach, Gurli“, rief Allon, „der Ton deiner Stimme sagt mir, daß du dich nicht überwinden kannst, mir dies zu verzeihen, und gleichwol bitte ich darum. Wenn du mich jemals lieb gehabt, so versuche, mir die Leiden zu verzeihen, welche ich durch meine Schwäche hervorgerufen, den Einfluß anderer auf meine Handlungsweise einwirken zu lassen. Ich bin ja hart genug gestraft, da ich, durch die Folgen meiner Fehler ruinirt und zermalmt, hier vor dir stehe und dich um Verzeihung bettle.“

„Ja, du hast recht, der Höchste hat uns beide gestraft“,

flüsterte Gurli und setzte dann mit klarer Stimme hinzu: „Du brauchst nicht um Verzeihung zu betteln. Ich habe dir dieselbe schon gewährt, und sage nochmals: Alles ist vergeben und vergessen. Ohne Bitterkeit, ohne Groll werde ich an dich denken, und sollten unsere Wege sich noch einmal kreuzen, so wirst du an mir stets eine Freundin haben, welche bereit ist, dem Manne beizustehen, den sie einmal ihren Gatten nannte."

Allon drückte Gurli's Hand an seine Lippen und stammelte:

„Dank, du gute, du hochherzige Gurli! Und nun fort! In diesem Leben sehen wir uns nicht wieder."

„Wo geht jetzt dein Weg hin?" fragte Gurli.

„Nach Gothenburg, von wo ich die Reise nach Amerika weiter fortsetze."

„Wann geht das Schiff ab?"

„Morgen Abend, wenn der Wind günstig ist."

„Wie heißt es?"

„Der Washington."

„Ah!"

Weiter sagte Gurli nichts.

„Gestehe, Gurli, daß das Schicksal es übernommen hat, dich zu rächen. Ich fliehe auf demselben Schiff, welches gemiethet ward, um dich der Heimat zu entreißen. Ich fliehe als ein Betrüger, welcher Gelder, die ihm nicht gehörten, verschwendet, welcher seine Mutter ruinirt und seine ganze Zukunft verscherzt hat. O, Gurli, welch einen elenden Menschen hat man aus mir gemacht! Doch warum wollen wir weiter davon sprechen? Leb' wohl, du einziges Wesen, welches ich mehr geliebt habe als mich selbst!"

Noch einmal drückte er Gurli's Hände an seine Lippen, dann verschwand er und ließ Gurli an der Gruft ihrer Mutter knieend zurück.

Neunzehntes Kapitel.

Ein leichter Landwind begann am Pfingsttage gegen Abend sich zu erheben.

An Bord des Washington war alles Leben und Bewegung. Der Kapitän machte sich fertig, die Anker lichten zu lassen und unter Segel zu gehen. Er wartete blos auf die Rückkunft der Schalupe, welche ans Land gegangen war, um die letzten der Passagiere zu holen, welche die Reise nach der Neuen Welt mitzumachen wünschten.

Am Hafen von Gothenburg stand ein Mann in einen weiten Mantel gehüllt, und wartete auf den Augenblick, wo die Schalupe vom Washington anlegen würde. Den Hut hatte er über die Augen herabgezogen, und es schien, als wünschte er sich soviel als möglich neugierigen Blicken zu entziehen.

Die Schalupe hatte nur noch einige Ruderschläge zu thun, ehe der, welcher sie erwartete, hineinspringen konnte, als plötzlich ein Wagen mit äußerster Schnelligkeit den Landungsplatz heraufgefahren kam und halt machte.

Der Mann im Mantel drehte sich beinahe erschrocken um und warf einen Blick auf die Equipage.

Aus dieser hüpfte eine schlanke Frauengestalt und kam auf den Mann zugeeilt.

„Mein Gott, Gurli!“ rief er. „Ist es möglich, daß du kommst, um —“

„Um dir ein letztes Lebewohl zu sagen“, unterbrach Gurli ihn. „Ja, Allon, ich bin hier, um dir noch einmal als Freundin die Hand zu drücken und dir diesen Brief zuzustellen. Lies ihn, wenn du auf hoher See bist. Leb' wohl nun! Schreib' und laß mich wissen, wie das Schicksal sich für dich jenseit des Oceans gestaltet und wie du dir dort eine neue Bahn zu brechen gedenkst. Gedenke meiner stets mit Freundlichkeit.“

Gurli überreichte ihm einen versiegelten Brief, drückte ihm die Hand und war im nächsten Augenblick wieder in dem Wagen, welcher sie ebenso schnell von dem Hafen hinwegführte, als er sie hergebracht.

Allon sprang in das Boot. Den Kopf auf die Hände herabneigend, ließ er sich nach dem Schiffe rudern.

Einige Minuten nachdem er an Bord gestiegen, ward der Washington von dem leichten Landwind von Gothenburg und aus den Bohuslänschen Scheren hinweggeführt.

Sobald Allon an Bord war, begab er sich sofort in seine Kajüte hinunter. Hier erbrach er das Siegel des Briefs, und aus demselben fielen erst ein paar Wechsel, dann eine Anweisung auf eine jährliche Summe, die er in Neuyork bei einem Bankier erheben konnte, und endlich ein Brief, den er mit dem Gefühl tiefer Beschämung las, soviel wirklicher Edelsinn und Verzeihung alles erlittenen Unrechts lag darin.

Eine lange Weile saß Allon wie betäubt von Gurli's Güte da.

Plötzlich ward er durch ein Pochen an der Thür seiner Kajüte gestört. Ehe er noch Zeit hatte, „Herein!“ zu rufen, öffnete sich die Thür, und er glaubte das Spielwerk einer qualvollen Sinnestäuschung zu sein, als sein Blick auf den Eintretenden fiel.

„Du scheinst nicht erwartet zu haben, hier mit einem alten Freund zusammenzutreffen“, sagte der, welcher jetzt vor ihm stand; „aber Gottes Wege sind wunderbar.“

„Nennen Sie nicht Gottes Namen!“ rief Allon, indem er wüthend aufsprang, „sondern sagen Sie lieber, daß es der Satan ist, der uns auf einer und derselben Planke zusammenführt, damit ich endlich mich an dem Manne rächen kann, welcher mein Leben und meine Zukunft vernichtet hat. Wie können Sie wagen, mir vor die Augen zu treten, Sie schwarze Priesterseele, welche, wie ein Dämon, nur für das Böse thätig gewesen ist? Wußten Sie nicht, daß ich Sie zertreten würde wie einen Wurm, wenn Sie mir in die Hände fielen?“

Allon packte den schwarzgekleideten Mann, der niemand anders war als Grönlund, beim Kragen. Allon's Gesicht verrieth den heftigsten Zorn; aber trotzdem behielt Grönlund seine Kaltblütigkeit bei. Er blickte ganz ruhig auf Allon und sagte langsam:

„Ein Betrüger, ein Spieler und ein Verschwender anvertrauten Gutes sollte nicht in so hochfahrendem Ton zu jemand sprechen, der alle seine Schurkenstreiche weiß. Es könnte sich sonst leicht ereignen, daß ich, der ich in Begleitung einiger rechtgläubigen Seelen reise, zu ihnen sagte: «Dieser Mann ist ein so großer Sünder und Verbrecher, daß Gott sicherlich uns ein Unglück widerfahren läßt, wenn wir ihn hier an Bord behalten. Am besten ist es daher, wenn wir den Kapitän bewegen, ihn ans Land zu setzen, ehe wir noch aus den Scheren hinaus sind.»“

Allon ließ Grönlund's Kragen los und warf sich wieder auf das Sofa.

Grönlund fuhr fort:

„Ja, und außerdem könnte ich beweisen, daß dieser Herr Janssen“ — hier zeigte er auf Allon — „niemand anders ist als ein gewisser von Stral, welcher sein Vaterland unter einem falschen Namen verläßt, um den auf ihn fahndenden Dienern der Gerechtigkeit zu entschlüpfen. Meine frommen, unschuldigen Begleiter werden einen solchen Mann nicht unter sich haben wollen, davon bin ich fest überzeugt."

Grönlund betrachtete Allon mit einem Blick gleich dem der Katze, wenn sie sich auf ihre Beute stürzen will. Dann fielen seine Augen auf die beiden Wechsel, welche noch auf dem Tische lagen, und er hob wieder an:

„Aus all diesem ersiehst du wol, daß du nichts Klügeres thun kannst, als wenn du der Freund des Mannes zu sein vorgibst, welcher dir schaden kann. Deshalb bin ich auch gekommen, um dir meine Hand zum Freundschaftsbund zu bieten."

Er streckte die Hand aus und fuhr fort:

„Wenn es dir gelungen wäre, Amy zum Weibe und mit ihr Falkenstern's Millionen zu bekommen, dann hättest du mich sicherlich nicht deinen bösen Genius genannt. Nein, dann hättest du mich als den Schöpfer deines Glücks gesegnet. Du verleugnest also deinen undankbaren Charakter auch hier nicht, indem du den Rathgeber deshalb verdammst, weil sein Rath nicht das gewünschte Ergebniß zur Folge gehabt hat. Im Glück warst du stets übermüthig, im Unglück muthlos und bemüht, die Schuld an dem, was du dir selbst zugezogen, auf andere zu wälzen. Dennoch aber bist du hinreichend berechnend zu Werke gegangen, um dir dein Unglück zu Nutze zu machen, und mit der Leichtgläubigkeit eines Weibes zu wuchern. Ja, so bist du stets gewesen, und so wirst du auch bleiben; aber dies hält mich nicht ab, dir mit unverändertem Wohlgefallen zugethan zu sein. Reich' mir daher die Hand. Wer weiß, welchen Werth meine Freundschaft für dich haben kann, wenn du in ein fremdes Land kommst."

Grönlund sprach, ohne einen Blick von den Wechseln und dem danebenliegenden Brief von Gurli zu verwenden.

Allon stieß die ausgestreckte Hand zurück und sagte: „Ich mag nicht eine Hand drücken, welche mich von meinen Kinderjahren an den Weg des Betrugs und der Falschheit geführt hat; ich mag keine Freundschaft, welche erheuchelt ist und welcher stets niedriger Eigennutz zu Grunde liegt. Ich will in Frieden bleiben, und da ich von der Bestrafung des Bösen, was Sie mir zugefügt, absehe, so hoffe ich mir dadurch das Recht erkauft zu haben, Ihres Anblicks überhoben zu sein. Mich können Sie doch nicht mehr betrügen."

„Hochtrabende Worte ohne alle Bedeutung!" entgegnete Grönlund und setzte sich Allon gegenüber. „Du kannst weder hassen noch lieben, denn du bist ein Rohr, welches sich nach dem Winde beugt. Ein Beweis davon ist, daß deine Mutter fortwährend auf dich eingewirkt hat, obschon du sie verachtetest."

Grönlund streckte, indem er dies sagte, die Hand nach Gurli's Brief aus und setzte hinzu:

„Und nun läßt du dich durch die Worte des Weibes gegen welches du complotirt, gegen mich aufreizen, der ich stets dein Freund gewesen bin."

Mit einer Bewegung wirklichen Zorns ergriff Allon Grönlund's Hand und schrie:

„Wagen Sie nicht, Ihre giftigen Augen auf diesen Brief zu heften!"

In der nächsten Secunde war der Brief in hundert Fetzen zerrissen.

Grönlund lachte auf dämonische Weise und sagte:

„Ich wollte dir die Mühe ersparen, den Brief zu vernichten. Ich hätte sonst beabsichtigt, zwischen den Zeilen zu lesen und dir zu zeigen, wie Gurli sich freut, dich vom Vaterland Abschied nehmen zu sehen. Du kannst überzeugt sein, daß du ihr niemals einen größern Dienst geleistet, als indem du Schweden auf immer den Rücken kehrtest. Eine geschiedene Frau kennt keine unangenehmere Erscheinung als ihren ehemaligen Ehemann, deshalb hat sie sich auch so freigebig gegen dich gezeigt."

Es trat eine Pause ein, während welcher Grönlund

das Gesicht des jungen Mannes beobachtete, um zu sehen, welchen Eindruck seine Worte machten; dann hob er in gleichgültigem, verändertem Tone wieder an:

„Womit gedenkst du dir während der Reise die Zeit zu verkürzen? Können wir vielleicht zuweilen ein Spielchen zusammen machen?“

Mit diesen Worten zog er ein Spiel Karten aus der Tasche.

„Sprich mit einem Spieler vom Spiel“, sagt das Sprichwort, „und du hast seine ganze Aufmerksamkeit gefesselt.“

Grönlund hatte auch in der That mit vollkommener Kenntniß von Allon's Gemüth und Charakter die Schlinge gelegt.

Zuerst hatte er in ihm den Argwohn erweckt, daß Gurli nur in ihrer Freude, ihn loszuwerden, sich großmüthig gegen ihn gezeigt, und dadurch den Eindruck, welchen Gurli's Handlungsweise auf Allon's bessere Gefühle gemacht, wieder verwischt.

Selbst Sklave seiner egoistischen Triebe gehörte Allon nicht zur Zahl derer, welche länger als einen Augenblick an die erhabenen Eigenschaften anderer Menschen glaubten. Bei dem geringsten Anlaß suchte er stets einen egoistischen Beweggrund für ihre Handlungsweise auf; dies that er auch jetzt.

Nachdem Grönlund auf diese Weise Allon's Zweifel an den Beweggründen, welche Gurli geleitet, zu voller Thätigkeit erweckt, brachte er das Gespräch auf die Leidenschaft, welche während der letzten Jahre bei Allon die vorherrschende gewesen, nämlich das Spiel.

Eine Stunde, nachdem Grönlund die Karte zum Vorschein gebracht, saßen er und Allon noch und spielten.

Zwanzigstes Kapitel.

Wieder sind zwei Jahre vergangen.

Der Sommer nahte seinem Ende. An einem schönen, milden Augustnachmittag fuhr ein Wagen nach dem andern die Allee nach Birgersborg hinauf, wo alle Etagen festlich geschmückt waren.

Auf dem Sofa im großen Salon thronte Mathilde. Rechts neben ihr saß Tante Katharine und links Elisabeth. Aus den Toiletten der Damen konnte man schließen, daß eine große Feierlichkeit bevorstand.

Warf man einen Blick in den Saal hinaus, so sah man ein paar runde Sessel ohne Lehne in der Mitte desselben stehen.

Es war also eine Hochzeit, die hier gefeiert werden sollte, die dritte, seitdem Birgersborg in die Hände der Familie Falkenstern gekommen war.

Wer stand denn im Begriff, sich zu vermählen?

Errāthst du dies nicht, lieber Leser? O, ganz gewiß erräthst du es; für den Fall aber, daß dem nicht so sein sollte, wollen wir dir sagen, daß es die Hochzeit des Districtsrichters Stephan Brun mit Gurli Falkenstern war, welcher diese Gäste beizuwohnen gekommen waren.

Wir glauben über die Schilderung des Trauacts hinweggehen zu können, und beschränken uns darauf, zu erwähnen, daß Walter die Stelle des Brautvaters vertrat, und daß Blom, jetzt Pastor der Gemeinde, zu welcher Birgersborg gehörte, die Trauung vollzog.

Ferner können wir nicht unerwähnt lassen, daß Tante Katharinens Antlitz von Heiterkeit strahlte, und daß sie in das Amen des Priesters inbrünstig und andächtig einstimmte.

Mathilde weinte vor Rührung, und Elisabeth sendete ein ernstes Gebet für Gurli's Glück zum Himmel empor.

Das Antlitz der Braut hatte einen so schönen Ausdruck von Andacht und Dankbarkeit, daß sie niemals schöner gewesen, nicht einmal in den blühendsten Tagen ihrer ersten Jugend.

Stephan's Züge verriethen, daß er jetzt das Glück gewonnen, welches er gesucht, ohne demselben gleichwol nachzujagen. Auf seiner Stirn stand geschrieben, daß er die ganze Schwere des Schrittes fühlte, welchen er jetzt gethan, und daß er als redlicher Mann beschlossen, das Versprechen zu halten, welches er vor Gott ihr gegeben, welche jetzt in der Schule des Leidens veredelt und gebessert an seiner Seite stand.

Nachdem die Umarmungen und Beglückwünschungen vorüber waren, theilte die Gesellschaft sich in Gruppen.

Die allgemeine Stimmung war eine sehr belebte, und man plauderte und scherzte aus Herzensgrunde.

In einem kleinen Cabinet finden wir Mathilde und Tante Katharine in einem lebhaften Gespräch begriffen, welches sich um Sonst und Jetzt drehte.

„Was für ein schönes, kleines Haus Matthes von Gurli unten am Strande geschenkt erhalten hat!“ sagte Mathilde.

„Nun, das ist wol nicht mehr als recht und billig, und er hat es redlich verdient. Sehr hübsch und christlich ist es aber auch von Gurli, daß sie der heuchlerischen

Beate eine jährliche Pension ausgesetzt hat, sodaß das alte garstige Weib auf ihre alten Tage nicht Mangel zu leiden braucht, obschon sie zur Strafe für ihre Habsucht dies wohl verdient hätte, das muß ich sagen", meinte Tante Katharine.

„Wenn sie aber gefehlt hat, so ist sie dafür auch gestraft worden", fiel Mathilde ein; „wenn man nämlich den entsetzlichen Schlag bedenkt, der sie traf, als sie die Nachricht erhielt, daß das Schiff, mit welchem Allon die Reise nach Amerika machte, untergegangen, und es nur einigen Mann von der Besatzung gelungen ist, sich zu retten; während dagegen der Kapitän und sämmtliche Passagiere ihren Tod gefunden haben."

„Allerdings", hob Tante Katharine wieder an und nahm eine Prise, „allerdings war dies ein harter Schlag; aber sie war von jeher eine schlechte Mutter und hatte den Knaben zu dem gemacht, was er war. Deshalb konnte sie nichts anders erwarten, als dafür büßen zu müssen."

„Das gebe ich zu; aber gerade das Bewußtsein, daß sie durch ihre schlimmen Rathschläge sein Leben zerstört, muß ihren Schmerz und Kummer nur um so bitterer machen."

„Wer sich an Gott, an seinem Gewissen und seinem Nächsten versündigt, kann nichts anderes als Kummer und Elend erwarten. Gut wäre es, wenn Beate durch alles dieses zur Reue und Besserung geführt würde."

„Wir wollen es hoffen", seufzte Mathilde und setzte dann hinzu: „Eine sonderbare Fügung des Schicksals war es, daß Grönlund mit Allon gleichzeitig umkommen mußte."

„Siehst du darin nicht die Hand der ewigen Gerechtigkeit?" fragte Tante Katharine. „Wie viel Unheil würde dieser scheinheilige Schurke angerichtet haben, wenn er drüben in Amerika dasselbe schändliche Spiel hätte anfangen dürfen, welches er hier getrieben."

„Das ist wahr. Immer aber weiß ich noch nicht,

wer es war, der hinter alle seine Schelmenstreiche kam, während er das Amt eines Pastors dieser Gemeinde bekleidete."

„Eigentlich", antwortete Tante Katharine, „war ich es, welche ausforschte, daß der würdige Mann sich zum Nutzen, aber den Armen zum Schaden, die für sie bestimmten Gelder in seine Tasche steckte und ihnen dafür Entbehrung und Unterwürfigkeit predigte, während er selbst sich wohl hütete, auf irgendetwas zu verzichten. Damit aber noch nicht zufrieden, wußte er die Leichtgläubigen so zu beschwatzen, daß sie ihm ihre kleinen Ersparnisse brachten, damit er sie ihnen aufhöbe und dieselben, nachdem sie sich in seiner Verwahrung befunden, desto mehr Segen brächten. Der würdige Mann war jedoch durchaus nicht gesonnen, wieder herauszugeben, was er einmal in seine Klauen bekommen, und daher geschah es, daß, als die armen Leute ihr Geld zurückhaben wollten, sie sich mit seinen Worten begnügen mußten. Auf diese Weise geriethen ein paar arme Witwen in solche Noth, daß sie zum Bettelstabe greifen mußten. Dennoch wagten sie aus Furcht vor ihm nicht, von der Sache zu sprechen; ich aber lockte endlich die Wahrheit aus ihnen heraus, und dann war es nicht schwer, noch mehrere dergleichen schöne Züge von ihm zu erfahren. Während Gurli fort war, und in Madame Teverino's Auftrag gefangen gehalten ward, brachte ich es so weit, daß der Ortsrichter die Sache in die Hand nahm. Er erstattete Bericht an das Consistorium, und Grönlund ward abgesetzt. Man hörte dann nichts wieder von ihm, bis man aus den Zeitungen erfuhr, daß er mit den übrigen Passagieren des Washington sein Leben in den Fluten des Oceans geendet."

„Du erwähntest soeben Madame Teverino. Hat man von dieser nichts wieder gehört?" fragte Mathilde.

„O ja. Auch sie ist von ihrer Strafe ereilt worden. Sie soll nämlich aus Kummer über den Tod ihrer Tochter gemüthskrank geworden sein. Elisabeth bezahlt die Kosten ihres Aufenthalts in einer Privatanstalt für Geisteskranke, wo sie alle mögliche Pflege erhält."

„Man muß gestehen, daß dieses Birgersborg ein Ort gewesen ist, wo von Glück und Friede niemals sonderlich die Rede hat sein können", sagte Mathilde, „und ich finde es sonderbar, daß Gurli und Stephan hier ihr Zelt aufzuschlagen beabsichtigen. Ich glaube, die Erinnerung an ihre Kindheit und Gurli's erste Ehe müßten ihnen diesen Ort unbehaglich machen."

„Da irrst du dich, liebe Mathilde", entgegnete Tante Katharine. „Jetzt kann Birgersborg nicht mehr unglückbringend für die sein, welche es besitzen, denn der Fluch, welcher bisjetzt darauf gehaftet, ist mit dem Augenblick hinweggenommen, wo der rechte Eigenthümer des Falkenstern'schen Vermögens in den Besitz desselben gelangt ist."

„Noch eins ist mir niemals recht klar geworden", hob Mathilde wieder an, „nämlich wie Anna's Bruder seinem Schwager Falkenstern die Herrschaft Birgersborg abkaufen konnte. Wir wissen alle, daß er ein Unglücksvogel war, der durch Leichtsinn und Verschwendung sich selbst, seine Mutter und auch seine Schwester um alles gebracht, und daß er die Ursache war, daß letztere als Mädchen um das liebe Brot arbeiten mußte. Er ging noch ganz jung in die weite Welt, und ward dann später von Anna und ihrer Mutter nie wieder genannt."

„Hm, hm! Das muß ich sagen, das muß ich sagen! Es wundert mich, daß du diese Geschichte nicht kennst. Weißt du denn nicht, was Anna bewog, Falkenstern zu heirathen?"

„Sie that es natürlich aus Liebe."

„Nicht ganz. Wenn sie Liebe zu Falkenstern hegte, so fand sich diese erst nach der Verlobung bei ihr ein. Die Sache hing vielmehr folgendermaßen zusammen. Kurz zuvor ehe Falkenstern nach der Hauptstadt abreiste, wo er euch aufsuchte, kam ein in Lumpen gehüllter Seemann zu ihm. Mit diesem sprach er lange, und ließ ihn dann von hier nach Gothenburg fahren. Einige Tage später reiste Falkenstern ab und kam erst wieder, als er euch mitbrachte. Er verliebte sich in Anna und machte ihr seinen Antrag; da sie aber nicht sogleich darauf eingehen wollte, so gab er ihr einen Brief und bat sie, denselben zu lesen, ehe sie ihm ihre bestimmte Antwort erklärte. Dieser Brief war von ihrem Bruder, welcher ihr erzählte, er sei als Deserteur von dem Schiff, mit welchem er nach Norwegen gesegelt, in Gothenburg angekommen, wo er einen alten Bekannten aufgesucht, um ihn um Unterstützung anzugehen und sich dann nach Stockholm begeben zu können. Der frühere Freund hatte keine Lust zu helfen, sondern gab ihm den Rath, sich an Bengt Falkenstern in Birgersborg zu wenden, mit welchem er ja verwandt sei. Anna's Bruder begab sich hierher und erzählte Falkenstern seine Schicksale. Falkenstern, welcher alles öffentliche Aufsehen verabscheute, versprach ihm zu helfen, aber nur unter der Bedingung, daß er die Verwandtschaft mit Anna Falkenstern verschwiege, und schickte ihn dann wieder zurück nach Gothenburg, wohin er sich später selbst begab, um für ihn zu thun, was sich thun ließe. Er fand ihn am Nervenfieber erkrankt. Sofort quartierte er ihn bei einer Familie ein, welche ihn während seiner Krankheit pflegen sollte, und dann reiste er nach der Hauptstadt, um die Schwester dieses Abenteuerers kennen zu lernen. Schon bei dem ersten Zusammentreffen fand Falkenstern großen Gefallen an Anna, und dies war die Ursache, weshalb er euch hierher einlud. Während Falkenstern's Verweilen in Stockholm war Anna's Bruder wieder genesen. Falkenstern ließ ihn, während wir hier waren, in der Buchführung und dergleichen unterrichten, sodaß er sich später als Kaufmann sein Brot verdienen konnte. Auch versprach er, ihm eine Summe Geldes vorzustrecken, sodaß er in Amerika ein Geschäft anfangen könnte. Anna's

Bruder stand im Begriff, auf diese Weise ausgerüstet, abzureisen, und schrieb vorher noch an Anna und bat sie, im Fall sich eine Gelegenheit darböte, Falkenstern das Gute, welches er ihrem Bruder erzeigt, wiederzuvergelten. Anna ward durch Falkenstern's Handlungsweise gerührt, und schenkte ihm aus Dankbarkeit ihre Hand. Nachdem sie ihm das Gelübde der Treue geleistet, reiste sie nach Gothenburg, um ihren Bruder noch einmal zu sehen. Dieser gab ihr im Augenblick des Abschieds das Versprechen, daß, wenn die Summe, welche Falkenstern ihm geschenkt, Segen brächte, sein ganzes Vermögen ihren Kindern zufallen solle. Dieses Versprechen hielt er auch wirklich, und machte Gurli zur Eigenthümerin von Birgersborg, welches er, ihrem Wunsche gemäß, für ihre Rechnung ankaufte."

„Aber warum sprach man niemals von ihm?" fragte Mathilde.

„Aus dem einfachen Grunde, weil Falkenstern, als er ihn unterstützt, die Bedingung gestellt hatte, daß er für die übrige Familie todt sein müsse, bis er einmal als reicher Mann in das Vaterland zurückkehre, was er aber niemals that, denn er starb in der Fremde."

Hier ward das Gespräch durch einige Gäste unterbrochen, welche in das Cabinet traten.

Einundzwanzigstes Kapitel.

Die Hochzeitsgäste hatten sich zerstreut und Alles, sowol innerhalb als außerhalb der Mauern von Birgersborg, war wieder still.

Allein draußen auf der Terrasse standen die beiden Neuvermählten Hand in Hand, und blickten hinauf in den tiefblauen Augusthimmel, von welchem Tausende von Sternen auf sie herabschauten.

So hatten sie eine lange Weile schweigend dagestanden, als ob sie fürchteten, den heiligen Frieden der Nacht durch Worte zu stören.

Endlich sagte Stephan, indem er Gurli's Hand fester in die seine schloß:

„So bist du denn nach so vielen bittern Prüfungen meine Gattin, du, die Einzige, die ich je geliebt und mit deren Schicksal ich gleichwol das meinige nie vereinigen zu können glaubte. Soweit meine Gedanken zurückreichen, habe ich dich mit der ganzen Wärme meines Herzens geliebt, aber auch zugleich mit der ganzen Kraft meines Verstandes gefürchtet.“

„Gefürchtet!“ wiederholte Gurli und lehnte ihr Haupt an die Brust des Gatten.

„Ja. Als Knabe hatte ich dich lieber als das Licht des Tages; gleichzeitig aber warst du auch mein größter Quälgeist. Ich hatte dich lieb, ohne zu begreifen weshalb. Mein Verstand verabscheute deine Wildheit, deinen Muthwillen und deine sonderbaren Launen. Du kamst mir vor wie etwas Böses, dem ich ebendeshalb, weil es mir so lieb war, entfliehen müßte.

„Und als Jüngling", entgegnete Gurli, „wie betrachtetest du mich da?"

„Als das verkörperte Bild aller meiner Leiden. Du bezaubertest mein Auge und mein Herz; aber du scheuchtest mich auch von dir durch die Wunden, welche du fortwährend meinem Stolze schlugst. Du warst für mich ein Gemisch von so unheilbringenden Eigenschaften, daß ich die Macht, die du auf mein Gefühl ausübtest, fürchtete, und meine ganze Willenskraft aufbot, um ihr entgegen zu arbeiten. Ich wollte Kenntnisse sammeln, um mich über dich zu erhöhen. Ich arbeitete, um mich in Bezug auf meine äußere Erscheinung und meinen innern Menschen zu entwickeln, damit ich ein Mann würde, der im Bewußtsein seines höhern Menschenwerthes über deine Angriffe lächeln und später einmal als deiner Achtung würdig vor dich treten könnte. Deine Liebe war etwas, wonach ich niemals strebte, weil ich fühlte, daß, wenn du mir dieselbe schenktest, meine ganze Gemüthsstärke besiegt und ich in deinen Sklaven verwandelt werden würde."

„Und dies, Stephan, wolltest du nicht werden, und deshalb hieltest du auch als Mann noch fest an deinem Entschluß, dich mir nicht zu nähern?" sagte Gurli.

„Ja, mehr als je", antwortete Stephan. „Falkenstern hatte durch den Ausspruch seines letzten Willens uns zusammenzuführen gesucht. Die Erfüllung seines Wunsches würde die Folge gehabt haben, daß ich dir einen Reichthum zu verdanken gehabt haben würde, nach welchem ich niemals gestrebt. Du mit deinem mistrauischen Gemüth hättest dann in unserer Vereinigung weiter nichts gesehen als eine eigennützige Berechnung von meiner Seite. Ich dagegen war zu stolz, um eine Liebe, die mir selbst heilig war, so zu erniedrigen. Ich konnte nicht einmal den Gedanken ertragen, auf diese Weise dein Gatte zu werden, besonders da ich fest überzeugt war, daß deine Neigung Allon gehöre. Ich stellte mich, als ob ich nur deine Fehler sähe, und um die wirkliche Beschaffenheit meiner Gefühle zu verbergen, ward ich bitter gegen dich. Ich fürchtete, daß, wenn du das Geheimniß meines Herzens ahntest, du diese Kenntniß benutzen würdest, um deine Macht über mich nach Gutdünken zu misbrauchen."

„Ach, Stephan, dann hast du mich also für sehr schlimm angesehen. Wie war es dir möglich, eine Person zu lieben, von der du so gering dachtest?"

„Was du da sagst, habe ich tausendmal zu mir selbst gesagt; aber ohne daß mein Herz eine andere Antwort gab, als daß es dich liebte."

Stephan legte seinen Arm um Gurli's schlanken Leib und fuhr, indem er sie fester an sich drückte, fort:

„Du wirst niemals verstehen, wie viele Leiden meine Liebe zu dir mir geschaffen, ebenso wenig, welcher schweren Prüfung meine Standhaftigkeit unterworfen ward, als du mich fragtest, ob ich dich zum Weibe haben wollte. Gleichwol verrieth ich nicht, wie innig mein Herz dich liebte. Ein einziges mal war ich nahe daran, mich von meinem Gefühl hinreißen zu lassen, und dies war, als du von deiner Verlobung mit Allon sprachst. Während der letzten Wochen vor dem Tage, wo du diesen wichtigen Schritt thatst, hatte ich angefangen zu bezweifeln, daß du Allon liebtest. Ja, es hatte Augenblicke gegeben, wo ich mir von einer thörichten Einbildung zuflüstern ließ, daß meine Liebe erwidert würde, obschon du ebenso wie ich derselben entgegenarbeiten wolltest. Die Phantasie hatte mit meinem Herzen ihr Gaukelspiel getrieben und mich verleitet, an die Möglichkeit zu denken, dich durch meine Liebe zur Veredlung zu führen. Ich hatte von dem Glück geträumt, geliebt zu werden, und du zerstörtest meinen Traum und zeigtest mir, daß ich mich geirrt hatte."

„Nein, du hattest dich nicht geirrt", flüsterte Gurli. „Auch mein Herz hing schon von meiner Kindheit an unbewußt an dir. Ich stellte keine Betrachtungen an, ich fühlte blos einen bittern Groll, daß du mich nicht liebtest. Als ich später dich und Allon wiedersah, empfand ich dasselbe Misvergnügen, dieselbe Erbitterung wie in meinen Kinderjahren bei dem Gedanken, daß ich dir durchaus nichts sei. Es war für mich gleichsam eine Linderung, als Allon mir zeigte, daß er wenigstens die Zwietracht der Kindheit vergessen, und nun Anhänglichkeit an mich fühlte. Es schmeichelte meiner Eigenliebe, mich von ihm geliebt zu sehen, und ich beschloß, daß er und kein anderer mein Herz besitzen solle. Ich bildete mir ein, daß meine Neigung ausschließlich ihm gehöre. Auch hatte ich ihn wirklich herzlich lieb, weil ich sah, wie lieb er mich hatte, und ich glaubte endlich selbst, er sei es, den ich liebte. Dessenungeachtet ward ich von einem heimlichen, unerklärlichen Gefühl zu dir hingezogen. Dieses erweckte in meiner Seele oft den Wunsch, daß du freundlich gegen mich sein möchtest; wenn ich mich aber auf dergleichen Wünschen ertappte, suchte ich mich zu überzeugen, daß es nur verletzte Eigenliebe sei, welche dieselben hervorgerufen. Dennoch beschäftigten sich meine Gedanken auf unüberwindlich hartnäckige Weise mit dir, und ich fühlte einen fortwährenden Drang zu thun, was du billigtest, und mich von dem fernzuhalten, was du tadeltest. Mein Benehmen gegen Allon ward dadurch unsicher. Ich fürchtete den Ausbruch seiner Gefühle; ich wußte, daß die meinigen niemals dieselbe Form annehmen könnten wie die seinigen, und ich trat vor allen Zärtlichkeitsäußerungen von seiner Seite scheu zurück. Diese Eigenheit meines Innern erklärte ich mir als eine

Folge des Umstandes, daß mein Herz noch unentwickelt sei. Einen Augenblick war es mir, als wollte ich nur für Allon's Glück leben und wirken, und ihm seine Liebe durch alle mögliche Aufopferungen vergelten; den nächsten aber fühlte ich wieder den Wunsch, von ihm hinwegzufliehen, um der Qual, ihn von seiner Liebe sprechen zu hören, überhoben zu sein. So war mein Inneres, als ich mir plötzlich vornahm, der unsichern Stellung Allon's ein Ende zu machen, indem ich dir meine Hand antrüge. Hättest du damals Ja gesagt, Stephan, so wäre ich sicherlich mit einem mal über den wirklichen Zustand meines Herzens aufgeklärt worden; so aber verwundete deine abschlägige Antwort meine Eigenliebe, meine Eitelkeit und mein Herz. Während des Einflusses jener bittern Eindrücke gab ich mir von dem, was meine Seele übrigens empfand, keine Rechenschaft, sondern reichte Allon meine Hand. Als ich dich von meiner Verlobung in Kenntniß setzte, kam es mir einen Augenblick lang vor, als sagte mir eine innere Stimme, wer meine Liebe wirklich und wahrhaft besäße; im nächsten aber verwarf ich dies schon wieder als etwas Unmögliches und war überzeugt, daß Allon es sei, den mein Herz liebte. Als unser beider Geschicke vereinigt waren, that ich auf dem Grabe meiner Mutter das Gelübde, ihn treulich zu lieben. Das erste Jahr meiner Ehe war auch wirklich so sonnenhell und friedlich, daß ich die Macht, die du auf mich ausgeübt, vergaß. Ich konnte nicht begreifen, daß es ein noch stärkeres Gefühl geben könne als das, welches mich an Allon fesselte. Ich ahnte auch nicht, welche schweren Prüfungen mich erwarteten und wie übel ich dieselben bestehen würde. Ich hatte auf unsichern Boden gebaut, als ich auf meine eigene Kraft baute, und ich berechnete nicht, wie schwer es mir werden würde, Allon's Angriffe auf mein Ehrgefühl und meinen Stolz zu ertragen. Gleichwol wurden meine Leiden erst dann recht bitter, als Allon's Eifersucht geweckt ward und ich durch diese über die Beschaffenheit des Gefühls aufgeklärt ward, welches mich von Kindheit auf an dich gefesselt. Diese furchtbare Wahrheit trat jedoch nicht eher vor meine Seele, als bis meine Zuneigung gegen Allon zu erkalten begann und ich, durch Tante Katharinens Worte veranlaßt, mein Inneres genau und gewissenhaft erforschte. Nachdem ich durch eine Selbstprüfung, welche mehrere Wochen in Anspruch nahm, zu jener schmerzlichen Selbsterkenntniß gelangt, wollte ich ein selbstverleugnungvolles, würdiges Weib sein. Ich gab mir alle Mühe, es zu werden; aber meine Bemühungen misglückten mir, weil ich vergaß, zu dem zu fliehen, der allein im Stande ist, uns im Kampfe mit unsern Leidenschaften aufrecht zu erhalten. Du, Stephan, und Tante Katharine waret es, welche mich Demuth, Versöhnlichkeit und Ergebung lehrten. Ihr beide wieset mich auf das Höchste und Beste hin, wonach wir streben müssen, nämlich den Namen eines wahren Christen zu verdienen, und wenn ich heute ein veredeltes und gebessertes Weib bin, so ist dies dein und Tante Katharinens Werk."

„Nein, es ist das Werk deines eigenen Herzens", fiel Stephan ein. „Ach, Gurli, wir haben beide aus Stolz den rechten Weg verfehlt, und deshalb so lange Glück und Seelenfrieden entbehren müssen. Nun aber, meine theuere Gattin, haben wir das Glück, welches aus reiner und heiliger Liebe erblüht, gesucht und gefunden. Deshalb können wir wagen, auf die Zukunft zu hoffen."

Stephan drückte einen Kuß auf Gurli's Stirn, und die Sterne schauten freundlich herab auf die beiden Neuvermählten.

Die Zukunft täuschte ihre Hoffnungen nicht, sondern hielt, was dieselben versprochen hatten. Birgersborgs Mauern umfaßten von nun an ein ebenso wahres und wirkliches Glück, als sie früher Zeugen von schweren Sorgen und grausamen Leiden gewesen waren.

Gurli ward für ihren Gatten dessen guter Genius und für ihre Untergebenen ein wohlthätiger Engel, welcher mit Kraft und Eifer sowol an ihrer moralischen als an ihrer materiellen Vervollkommnung arbeitete.

Stephan war und blieb ein im ganzen Ort geachteter und geehrter Richter.

Elisabeth fuhr fort, Gurli's beste Freundin zu sein, und verwendete ihre großen Reichthümer ausschließlich zu wohlthätigen Zwecken.

Walter, welcher, seitdem Falkenstern gestorben, niemand mit größerer Liebe zugethan gewesen als Gurli, verlebte seine alten Tage in ihrer Nähe, und ward von ihr geachtet und geliebt wie ein Vater.

Tante Katharine, welche, nachdem sie Gurli's und Stephan's Hochzeit beigewohnt, alle ihre irdischen Wünsche erfüllt sah, behauptete, sie sei nun jede Stunde bereit, mit Freuden zu sterben, lebte aber dessenungeachtet noch lange und erreichte ein hohes Alter. Noch im Tode nahm sie denselben warmen Antheil wie im Leben an allen Leidenden, und theilte ihre Liebe zwischen Gott und ihren Nächsten.

Als sie endlich in eine bessere Welt einging, ward sie von der Trauer aller, die sie gekannt, zur Gruft geleitet.

CPSIA information can be obtained
at www.ICGtesting.com
Printed in the USA
LVHW101349160422
716387LV00003B/244

9 783752 596854